विलक्षण जानवर

और उन्हें कहाँ खोजा जाए

THE HARRY POTTER SERIES

In reading order:

Harry Potter and the Philosopher's Stone
Harry Potter and the Chamber of Secrets
Harry Potter and the Prisoner of Azkaban
Harry Potter and the Goblet of Fire
Harry Potter and the Order of the Phoenix
Harry Potter and the Half-Blood Prince
Harry Potter and the Deathly Hallows

Also available in Latin:

Harry Potter and the Philosopher's Stone
Harry Potter and the Chamber of Secrets

Also available in Welsh, Ancient Greek and Irish:

Harry Potter and the Philosopher's Stone

COMPANION VOLUMES

Available in English, Bangla, Gujarati, Hindi, Kannada, Malayalam, Marathi, Tamil, and Telugu

Fantastic Beasts and Where to Find Them
Quidditch Through the Ages
(Published in aid of Comic Relief and Lumos)

The Tales of Beedle the Bard
(Published in aid of Lumos)

The three companion volumes also available as:

The Hogwarts Library
(Published in aid of Comic Relief and Lumos)

ILLUSTRATED EDITIONS

Illustrated by Jim Kay

Harry Potter and the Philosopher's Stone
Harry Potter and the Chamber of Secrets
Harry Potter and the Prisoner of Azkaban
Harry Potter and the Goblet of Fire

Illustrated by Jim Kay with Neil Packer

Harry Potter and the Order of the Phoenix

Illustrated by Olivia Lomenech Gill

Fantastic Beasts and Where to Find Them

Illustrated by Chris Riddell

The Tales of Beedle the Bard

Illustrated by Emily Gravett

Quidditch Through the Ages

जे. के. रौलिंग

विलक्षण जानवर

और उन्हें कहाँ खोजा जाए

न्यूट स्कैमेंडर

अनुवाद – डॉ. सुधीर दिक्षित

चित्रकारः टॉमिस्लाव टॉमिक

BLOOMSBURY
LONDON OXFORD NEW YORK NEW DELHI SYDNEY

in association with
Obscurus Books
18a Diagon Alley, LONDON

BLOOMSBURY INDIA
Bloomsbury Publishing India Pvt. Ltd
Second Floor, LSC Building No. 4, DDA Complex, Pocket C – 6 & 7,
Vasant Kunj, New Delhi 110070

BLOOMSBURY, BLOOMSBURY INDIA and the Diana logo are trademarks of
Bloomsbury Publishing Plc

First published in Great Britain in 2001 by Bloomsbury Publishing Plc

Hindi translation of *Fantastic Beasts and Where to Find Them*
First published in Hindi, 2023

Hindi edition co-ordination by TranslationPanacea, Pune
Translated from English to Hindi by Dr Sudhir Dixit

Text design by Becky Chilcott

ISBN: 978-93-88134-45-3
2 4 6 8 10 9 7 5 3 1

Printed and bound in India by Thomson Press India Ltd

Comic Relief (UK) was set up in 1985 by a group of British comedians to raise funds for projects promoting social justice and helping to tackle poverty. Monies from the worldwide sales of this book will go to help children and young people in the UK and around the world, preparing them to be ready for the future – to be safe, healthy, educated and empowered.

Comic Relief is the trading name of Charity Projects, a registered charity in the UK with charity nos. 326568 (England/Wales) and SC039730 (Scotland).

Named after the light-giving spell in the Harry Potter books, Lumos is a charity founded by J.K. Rowling. Lumos are fighting for every child's right to a family, by transforming care systems around the world. Our aim is to light a path to a brighter future for children, where all children can grow up in safe and loving families.

We are fighting for family. We are Lumos.
To find out more visit www.wearelumos.org

Lumos is the operating name of Lumos Foundation, a company limited by guarantee registered in England and Wales, number 5611912. Registered charity number 1112575

MIX
Paper from responsible sources
FSC® C010615

जे.के. रोलिंग को धन्यवाद, जिन्होंने इस पुस्तक का सृजन किया और इससे प्राप्त पूरी रॉयल्टी उदारतापूर्वक कॉमिक रिलीफ़ और ल्यूमॉस को दी

अनुक्रम

लेखक की भूमिका

केवल 'जादूगरों के लिए' संस्करण में ही प्रकाशन के लिए

वर्ष 2001 में मेरी पुस्तक *फ़ैंटेस्टिक बीस्ट्स एंड व्हेयर टु फ़ाइंड दैम* के पहले संस्करण का दूसरा प्रकाशन मगलू पाठकों के लिए उपलब्ध कराया गया। जादू मंत्रालय ने सम्मानित मगलू परोपकारी संस्था कॉमिक रिलीफ़ के लाभार्थ पैसे जुटाने के लिए इस अभूतपूर्व प्रकाशन की अनुमति दी। मुझे यह पुस्तक दोबारा प्रकाशित करने की अनुमति इस शर्त पर दी गई कि इसमें टिप्पणी लिखकर मगलू पाठकों को यह आश्वासन दे दिया जाए कि यह काल्पनिक साहित्य है। प्रोफ़ेसर एल्बस डम्बलडोर तसल्ली देने वाली भूमिका लिखने के लिए तैयार हो गए। हम दोनों ही ख़ुश थे कि पुस्तक ने संसार के कुछ सबसे असुरक्षित लोगों के लिए इतना सारा पैसा इकट्ठा कर लिया था।

जादू मंत्रालय में रखे गए कुछ गोपनीय दस्तावेज़ों को गुप्त सूची से हटा लिया गया है, इसलिए हाल ही में जादूगर जगत को *फ़ैंटेस्टिक बीस्ट्स एंड व्हेयर टु फ़ाइंड दैम* के सृजन के बारे में थोड़ी ज़्यादा जानकारी मिली है।

मैं अब भी उन दो दशकों की अपनी गतिविधियों की पूरी कहानी बताने की स्थिति में नहीं हूँ, जिनमें गेलेर्ट ग्रिंडेलवाल्ड ने जादूगरों के संसार में दहशत फैला दी थी। जब आने वाले वर्षों में कुछ और दस्तावेज़ गुप्त सूची से हटाए जाएँगे, तो मैं हमारे इतिहास के इस स्याह दौर में अपनी भूमिका खुलकर बताने के लिए ज़्यादा स्वतंत्र महसूस करूँगा। हाल–फ़िलहाल, मैं अख़बारों में छपी हालिया ख़बरों की कुछ सबसे स्पष्ट ग़लतियों को सुधारने तक ही सीमित रहूँगा।

अपनी नवीनतम प्रकाशित जीवनी *मैन ऑर मॉन्स्टर? द ट्रूथ अबाउट न्यूट स्कैमेंडर* में रीटा स्कीटर ने दावा किया है कि मैं कभी जादुई–जंतु–वैज्ञानिक था ही नहीं। इसके बजाय मैं तो डम्बलडोर का जासूस था, जिसने 1926 में संयुक्त राज्य अमेरिका की जादुई संसद (मैक्यूसा) में घुसपैठ करने के लिए जादुई–जंतु–विज्ञान का इस्तेमाल 'बहाने' के रूप में किया था।

1920 के दशक में रहने वाला हर जादूगर इस बात को अच्छी तरह जानता है कि यह दावा सरासर बकवास है। उस दौर में कोई भी गुप्त जादूगर घुसपैठ के बहाने के लिए जादुई–जंतु–वैज्ञानिक होने का चुनाव नहीं करता। जादुई जानवरों में दिलचस्पी ख़तरनाक और संदिग्ध मानी जाती थी। इसके अलावा, किसी बड़े शहर में जादुई जानवरों से भरा संदूक लेकर जाना गंभीर ग़लती भी थी, जो पीछे पलटकर देखने पर समझ आती है।

मैं अवैध रूप से बेचे गए एक थंडरबर्ड यानी वज्रपक्षी को स्वतंत्र कराने के लिए अमेरिका गया था। काम जोखिम भरा था, क्योंकि उस वक़्त मैक्यूसा की नीति यह थी कि सभी जादुई जानवरों को मृत्यु–का–शाप दे दिया जाए। मुझे यह कहते हुए गर्व होता है कि मेरी यात्रा के एक साल बाद प्रेसिडेंट सेराफ़िना पिकेरी ने वज्रपक्षी के लिए संरक्षणात्मक आदेश जारी कर दिया, जिसे उन्होंने अंततः सभी जादुई प्राणियों पर लागू किया। (प्रेसिडेंट पिकेरी के आग्रह पर मैंने *फ़ैंटेस्टिक बीस्ट्स* के पहले संस्करण में ज़्यादा महत्वपूर्ण अमेरिकी जादुई प्राणियों का ज़िक्र इसलिए

नहीं किया था, क्योंकि वे शौकीन जादूगर पर्यटकों को रोकना चाहती थीं। चूँकि उस वक्त अमेरिका के जादूगर समुदाय को यूरोप के दूसरे देशों की तुलना में ज़्यादा अत्याचार झेलने पड़ रहे थे और चूँकि मैंने अनजाने में ही न्यूयॉर्क में अंतरराष्ट्रीय गोपनीयता अधिनियम का गंभीर उल्लंघन कर दिया था, इसलिए मैं इसके लिए तैयार हो गया। इस नए संस्करण में मैंने उन्हें उनकी सही जगह प्रदान कर दी है।)

मिस स्कीटर की लिखी पुस्तक की हर कपोलकल्पना का खंडन करने में महीनों लग जाएँगे। मैं बस इतना बताना चाहूँगा कि मैं वह 'दिलतोड़ आशिक नहीं था, जिसने सेरेफ़िना पिकेरी का दिल तोड़ दिया था।' प्रेसिडेंट ने यह स्पष्ट कर दिया था कि अगर मैंने स्वेच्छा से और तुरंत न्यूयॉर्क नहीं छोड़ा, तो वे मुझे बाहर निकलवाने के लिए कठोर क़दम उठाएँगी।

यह सच है कि मैं गेलेर्ट ग्रिंडेलवाल्ड को पकड़ने वाला पहला इंसान था और यह भी सच है कि एल्बस डम्बलडोर मेरे लिए स्कूल के टीचर से ज़्यादा मायने रखते थे। इससे ज़्यादा कहना मुनासिब नहीं होगा, क्योंकि एक तो मुझे गोपनीयता अधिनियम के उल्लंघन का डर है और शायद इससे भी ज़्यादा महत्वपूर्ण बात, गोपनीयता टूटने का ख़तरा है, जिसका आग्रह डम्बलडोर ने मुझसे किया था और जो सबसे गोपनीय इंसान थे।

फ़ैंटेस्टिक बीस्ट्स एंड व्हेयर टु फ़ाइंड दैम मेरे लिए कई मायनों में प्रेम भरी मेहनत थी। जब मैं पलटकर इस

शुरुआती पुस्तक को देखता हूँ, तो हर पन्ने के शब्दों से मेरे दिमाग़ में बहुत सी यादें ताज़ा हो जाती हैं, हालाँकि वे पाठक को नहीं दिख सकतीं। मुझे बहुत उम्मीद है कि इस पुस्तक को पढ़कर जादूगरों और जादूगरनियों की नई पीढ़ी उन अविश्वसनीय जानवरों से प्रेम करेगी और उन्हें संरक्षण देगी, जो जादू में हमारे साथी हैं।

Newt Scamander

संपादक की टिप्पणी: मगलू संस्करण के लिए, आम झूठ: 'पूर्णतः काल्पनिक साहित्य – मज़ेदार – चिंता की कोई बात नहीं – आशा है आपको मज़ा आएगा।'

प्रस्तावना

इस पुस्तक के बारे में

फ़ैंटेस्टिक बीस्ट्स एंड व्हेयर टु फ़ाइंड दैम कई बरसों की यात्रा और शोध का फल है। मैं बहुत समय पहले के सात बरस के जादूगर को देखता हूँ, जिसने अपने बेडरूम में कठोरकेशियों का अंगभंग करने में घंटों बिताए थे और मैं आने वाली यात्राओं के लिए उससे ईर्ष्या करता हूँ। सबसे अँधेरे जंगल से सबसे उजले रेगिस्तान तक, पर्वत शिखर से दलदल तक, वह गंदे कठोरकेशी की पपड़ियों से सना लड़का बड़ा होने पर उन जानवरों का पीछा करने वाला था, जिनका वर्णन आगे के पन्नों में किया गया है। मैंने पाँच महाद्वीपों में मांदों, बिलों और घोंसलों को छाना है, सौ देशों के जादुई जानवरों की विचित्र आदतों का अवलोकन किया है, उनकी शक्तियों को देखा है, उनका विश्वास हासिल किया है और कई मौक़ों पर उन्हें अपनी यात्रा केतली से दूर भी भगाया है।

1918 में ऑब्सक्यूरस बुक्स के श्री ऑगस्ट्स वर्म ने मुझे *फ़ैंटेस्टिक बीस्ट्स* का पहला संस्करण लिखने का काम सौंपते हुए पूछा कि क्या मैं उनके प्रकाशन के लिए जादुई प्राणियों का प्रामाणिक सार लिखने पर विचार करूँगा। तब मैं जादू मंत्रालय में काम करने वाला एक अदना सा कर्मचारी था। प्रति सप्ताह दो सिकल की अपनी दयनीय तनख़्वाह को बढ़ाने के विचार पर मैं उछल पड़ा। मुझे इस बात से भी अपार ख़ुशी मिली कि मुझे अपनी छुट्टियों में

नई जादुई प्रजातियों की तलाश में पूरे संसार की यात्रा करने का मौक़ा मिलेगा। बाक़ी सब इतिहास है, जो छपा है।

इस प्रस्तावना का इरादा उन सबसे ज़्यादा पूछे गए कुछ सवालों का जवाब देना है, जो मेरी साप्ताहिक डाक में तब से आ रहे हैं, जब से यह पुस्तक 1927 में पहली बार प्रकाशित हुई है। पहला सबसे बुनियादी प्रश्न है – 'जानवर' का क्या अर्थ है?

जानवर का क्या अर्थ है?

'जानवर' की परिभाषा को लेकर सदियों से विवाद हो रहे हैं। हालाँकि जादुई–जंतु–विज्ञान के कुछ नए विद्यार्थियों को हैरानी हो सकती है, लेकिन समस्या को ज़्यादा स्पष्ट करने के लिए हमें तीन प्रकार के जादुई प्राणियों पर पल भर विचार करना चाहिए।

नरभेड़िये अपना ज़्यादातर समय इंसान (जादूगर या मगलू) के रूप में बिताते हैं। महीने में एकाध बार वे ख़ून के प्यासे दरिंदे और चार पैरों के जानवर बन जाते हैं और उस वक़्त उनमें कोई मानवीय अंतरात्मा नहीं होती है।

सेनटॉर की आदतें इंसान जैसी नहीं होतीं; वे जंगल में रहते हैं, वस्त्र नहीं पहनते हैं, जादूगरों और मगलुओं दोनों से दूर रहना पसंद करते हैं, हालाँकि वे उनके जितने ही बुद्धिमान होते हैं।

दैत्यों का हुलिया इंसान जैसा होता है, वे खड़े होकर चलते हैं, उन्हें कुछ सरल शब्द सिखाए जा सकते हैं,

लेकिन इसके बावजूद वे सबसे मूर्ख युनिकॉर्न से भी कम बुद्धिमान होते हैं और उनके पास अपनी कोई जादुई शक्ति नहीं होती; उनके पास तो बस उनके शरीर की विकराल तथा अस्वाभाविक शक्ति होती है।

अब हम ख़ुद से पूछते हैं : इन प्राणियों में कौन 'अस्तित्वधारी' है – यानी ऐसा प्राणी जो क़ानूनी अधिकारों और जादुई संसार के संचालन में आवाज़ उठाने का हक़दार हो – और कौन 'जानवर' है?

किन जादुई प्राणियों को 'जानवर' मानना चाहिए, इस बारे में निर्णय लेने के शुरुआती प्रयास बहुत ही लचर क़िस्म के थे।

चौदहवीं सदी में जादूगर सभा[1] के मुखिया बरडॉक मल्दून ने घोषणा की थी कि जादुई समुदाय का जो भी सदस्य दो पैरों पर चलता है, उसे तत्काल प्रभाव से 'अस्तित्वधारी' का ओहदा दिया जाता है, जबकि बाक़ी सभी 'जानवर' कहलाएँगे। मित्रता के भाव से उन्होंने सभी 'अस्तित्वधारियों' को एक शिखर सम्मेलन में बुलाया, ताकि वे जादूगरों के साथ मिलकर नए जादुई क़ानूनों पर वार्ता कर सकें। उन्हें गहरी निराशा हुई कि उन्होंने बहुत ग़लत अनुमान लगा लिया था। सभागार पिशाचों से ठसाठस भर गया था, जो अपने साथ दो पैरों के तमाम प्राणी लेकर आ गए थे, जितनों को वे खोज सकते थे। जैसा बाथिल्डा बैगशॉट अपनी पुस्तक *जादू का इतिहास* में बताती हैं:

1. जादूगर सभा जादू मंत्रालय के पहले हुआ करती थी।

उड़नछू पंछी की कर्कश चीख़ों, ऑगरी के क्रंदन और क़लमपंछी के निरंतर चुभते गाने की वजह से बहुत कम बातें सुनाई दे रही थीं। जब जादूगरों और जादूगरनियों ने अपने सामने रखे क़ागज़ों को देखने की कोशिश की, तो ढेर सारे नन्हे पिशाच व परियाँ हँसते और बकबक करते हुए उनके सिर के आस–पास मँडराने लगे। दर्जन भर दैत्य अपने मुद्गर से पूरे हॉल में तोड़–फोड़ करने लगे, जबकि डायनें खाने के लिए बच्चों को तलाशती हुई हर तरफ़ उड़ रही थीं। सभा के मुखिया ने बैठक शुरू करने के लिए खड़े होने की कोशिश की। वे अश्वरक्षक की लीद के ढेर पर फिसल गए और गालियाँ देते हुए दौड़ लगाकर हॉल से बाहर चले गए।

जैसा हमने देखा, सिर्फ़ दो पैर पर चलना इस बात की कोई गारंटी नहीं थी कि जादुई प्राणी जादूगरों के प्रशासकीय मसलों में रुचि लेगा या उसके मन में ऐसा करने की इच्छा होगी। इस कटु अनुभव से बरडॉक मल्डून इतने दुखी हुए कि उन्होंने क़सम खाई कि वे जादुई समुदाय के ग़ैर–जादूगर सदस्यों को जादूगर सभा में शामिल करने की आगे से कोई कोशिश नहीं करेंगे।

मल्डून के बाद मैडम एल्फ़रीडा क्लैग मुखिया बन गईं। उन्होंने अन्य जादुई प्राणियों के साथ ज़्यादा क़रीबी संबंध

बनाने की उम्मीद में 'अस्तित्वधारियों' की नई परिभाषा दी। उन्होंने घोषणा की कि 'अस्तित्वधारी' वे हैं, जो मानव भाषा बोल सकते हैं। जो भी सभा के सदस्यों के सामने अपनी बात समझने लायक़ भाषा में रख सकते थे, उन्हें अगली बैठक में आने का आमंत्रण दिया गया। एक बार फिर ढेर सारी समस्याएँ आ गईं। पिशाचों ने दैत्यों को कुछ आसान वाक्य सिखा दिए थे और वे पहले की तरह दोबारा हॉल में तोड़–फोड़ करने लगे। जार्वी सभा की कुर्सियों के पायों के चारों ओर दौड़ने लगे और उन्होंने ज़्यादा से ज़्यादा टखने नोंचने की मुहिम छेड़ दी। इस दौरान भूतों का एक बड़ा प्रतिनिधि मंडल (जिन्हें मल्दून ने इस आधार पर छोड़ दिया था कि वे दो पैरों पर नहीं चलते थे, बल्कि हवा में तैरते थे) आया तो सही, लेकिन बाद में हिकारत में चला गया। जैसा उन्होंने बाद में बताया, 'सभा ने मृतकों की इच्छाओं के बजाय जीवितों की आवश्यकताओं पर शर्मनाक ज़ोर दिया था।' मल्दून ने सेनटॉर को 'जानवर' के रूप में परिभाषित किया था, लेकिन मैडम क्लैग ने उन्हें 'अस्तित्वधारी' के रूप में परिभाषित किया। जलमानुषों को बाहर रखे जाने के विरोध में सेनटॉर ने सभा का बहिष्कार किया। जलमानुषों को इसलिए शामिल नहीं किया गया था, क्योंकि वे पानी के बाहर जलभाषा के अलावा कोई दूसरी भाषा नहीं बोल सकते थे।

1811 तक कोई ऐसी परिभाषा सामने नहीं आई, जिसे ज़्यादातर जादुई समुदाय स्वेच्छा से स्वीकार कर ले। जादू के नवनियुक्त मंत्री ग्रोगन स्टंप ने घोषणा की कि

'अस्तित्वधारी वह प्राणी है, जिसमें जादुई समुदाय के नियमों को समझने की पर्याप्त बुद्धि हो और इन नियमों को आकार देने में वह अपनी ज़िम्मेदारी निभाना चाहे।'[2] पिशाचों की ग़ैर–मौजूदगी में दैत्य प्रतिनिधियों से सवाल–जवाब किए गए और यह पाया गया कि वे उनसे कही गई बातों को नहीं समझ पा रहे हैं। इसलिए दो पैरों पर चलने के बावजूद उन्हें 'जानवरों' की श्रेणी में रख दिया गया। जलमानुषों को 'अस्तित्वधारी' बनाने के लिए दुभाषियों के माध्यम से पहली बार आमंत्रित किया गया; परी, नन्हे पिशाचों और बौनों को उनके इंसानी हुलिये के बावजूद दृढ़ता से 'जानवर' की श्रेणी में रख दिया गया।

ज़ाहिर है, मामला यहीं ख़त्म नहीं हुआ। हम सभी उन अतिवादियों से परिचित हैं, जो मगलुओं को 'जानवर' की श्रेणी में रखने का अभियान चलाते हैं; हम सभी जागरूक हैं कि सेनटॉरों ने 'अस्तित्वधारी' दर्जे से इंकार कर दिया है और 'जानवर'[3] ही बनाए रखने का आग्रह किया है। वैसे

---

2. भूतों के लिए एक अपवाद रखा गया था, जिन्होंने दावा किया कि उन्हें 'अस्तित्वधारियों' के रूप में वर्गीकृत करना संवेदनहीनता थी, जबकि वे स्पष्ट रूप से 'मृत' थे। इसलिए स्टंप ने जादुई प्राणी नियमन एवं नियंत्रण विभाग के तीन उप–विभाग बनाए, जो आज अस्तित्व में हैं : जानवर उप–विभाग, अस्तित्वधारी उप–विभाग और भूत उप–विभाग।

3. सेनटॉरों ने कुछ प्राणियों पर आपत्ति की, जिनके साथ उन्हें 'अस्तित्वधारी' दर्जा दिया जा रहा था, जैसे हैग और वैम्पायर। उन्होंने घोषणा की कि वे जादूगरों के बिना ही अपने खुद के मामले सँभालेंगे। एक साल बाद जलमानुषों ने भी यही आग्रह किया। जादू मंत्रालय ने उनकी माँगें अनिच्छा से स्वीकार कर लीं। हालाँकि जादुई प्राणी नियमन एवं नियंत्रण विभाग के जानवर उप–विभाग में सेनटॉर संपर्क कार्यालय मौजूद है, लेकिन किसी सेनटॉर ने आज तक कभी इसका इस्तेमाल नहीं किया है। दरअसल 'सेनटॉर संपर्क कार्यालय में भेजा जा रहा है' विभाग में एक मज़ाक़ बन गया है और इसका मतलब है कि उस व्यक्ति को जल्द ही नौकरी से निकाला जा रहा है।

नरभेड़िये कई बरसों से जानवर और अस्तित्वधारी विभागों के बीच आते–जाते रहे हैं; यह लिखते वक़्त अस्तित्वधारी विभाग में नरभेड़िया समर्थन सेवाओं का पद है, जबकि नरभेड़िया पंजीकरण और नरभेड़िया बंदीकरण इकाई जानवर विभाग के अंतर्गत आती है। कई अति बुद्धिमान जीवों को भी 'जानवर' की श्रेणी में रख दिया गया है, जिसका कारण यह है कि वे अपने पाशविक स्वभाव से नहीं उबर सकते हैं। दैत्य–मर्कटक और ध्वनिमारक समझ में आने वाले बातें कर सकते हैं, लेकिन वे अपने क़रीब आने वाले हर इंसान को खाने की कोशिश करते हैं। स्फ़िंक्स केवल पहेलियों में ही बात करता है और ग़लत जवाब दिए जाने पर हिंसक हो जाता है।

आगे आने वाले पन्नों में किसी जानवर के वर्गीकरण के बारे में जहाँ भी अनिश्चितता बनी हुई है, वहाँ मैंने उसकी प्रविष्टि में इसे दर्ज किया है।

आइए अब उस एक सवाल की ओर मुड़ते हैं, जो जादुई–जंतु–विज्ञान की बातचीत में जादूगर सबसे ज़्यादा पूछते हैं : ये प्राणी मगलुओं को दिखाई क्यों नहीं देते हैं?

विलक्षण जानवरों की मगलू जागरूकता का संक्षिप्त इतिहास

हालाँकि कई जादूगरों को इस बात से हैरानी हो सकती है, लेकिन मगलू हमेशा से उन जादुई और भयानक प्राणियों के बारे में अज्ञानी नहीं रहे हैं, जिन्हें

छिपाने के लिए हमने इतने लंबे समय से कड़ी मेहनत की है। मध्य युग के मगलू कला और साहित्य पर नज़र डालने से पता चलता है कि हम जिन प्राणियों को आज काल्पनिक मानते हैं, उनमें से कई को उस वक़्त वास्तविक माना जाता था। उस युग की मगलू कृतियों में ड्रैगन, युनिकॉर्न, मायापंछी, सेनटॉर सहित कई अन्य जानवर अधिक नज़र आते हैं, हालाँकि आम तौर पर उन कृतियों में हास्यास्पद ग़लतियाँ होती हैं।

बहरहाल, उस युग की मगलू पशु–पुस्तकों की ज़्यादा क़रीबी जाँच से यह उजागर होता है कि मगलू ज़्यादातर जादुई जानवरों को या तो देख ही नहीं पाए या उन्होंने उन्हें ग़लती से कोई दूसरी चीज़ समझ लिया। वॉरसेस्टरशायर के फ़्रांसिस्कन संन्यासी ब्रदर बेनिडिक्ट की लिखी पांडुलिपि के इस खंड की जाँच करें, जो अवशेष के रूप में मिली है:

आज जब मैं जड़ी–बूटी बाग में टहल रहा था, तो मैंने जैसे ही तुलसी को अलग हटाया, मुझे राक्षसी आकार का गंधबिलाव दिखा। वह गंधबिलावों की तरह न तो भागा, न ही छिपा। उलटे उसने मुझ पर छलाँग लगा दी, मुझे धक्का देकर पीठ के बल ज़मीन पर गिरा दिया और बहुत अस्वाभाविक आक्रोश से चिल्लाया, 'बाहर निकलो, गंजे!' फिर उसने मेरी नाक इतनी ज़ोर से काटी कि इसमें से कई घंटों तक ख़ून बहता रहा। धर्माधिकारी यह

मानने को तैयार ही नहीं थे कि मुझे बोलने वाला गंधबिलाव मिला था। उलटे वे मुझसे पूछने लगे कि कहीं मैंने ब्रदर बोनिफ़ेस के यहाँ सुरापान तो नहीं कर लिया था। चूँकि मेरी नाक सूजी हुई और ख़ून से सनी थी, इसलिए मुझे शाम की प्रार्थना से मुक्ति मिल गई।

यह स्पष्ट है कि हमारे मगलू मित्र ने गंधबिलाव को नहीं देखा था, जैसा उसका मानना था। इसके बजाय उसने तो जार्वी को देखा था, जो संभवतः अपने प्रिय शिकार बौनों की तलाश में वहाँ गया होगा।

अधूरी समझ अक्सर अज्ञान से ज़्यादा ख़तरनाक होती है और जादू से मगलुओं का डर बेशक उनकी इस दहशत के कारण भी बढ़ गया होगा कि उनके जड़ी–बूटी के बगीचों में जाने कौन सा जानवर छिपा होगा। उस दौर में जादूगरों का उत्पीड़न चरम पर पहुँच गया था और ड्रैगन तथा गरुड़अश्व जैसे जानवरों के दिखने से मगलुओं का उन्माद बढ़ रहा था।

इस पुस्तक का उद्देश्य उन अंधकार भरे दिनों की बातचीत करना नहीं है, जिनमें जादूगरों को छिपकर रहना पड़ता था।[4] यहाँ तो हमारा सरोकार इस बात से है कि अगर मगलुओं को यह विश्वास दिलाना था कि जादू जैसी

---

4. जो भी जादूगरी के इस ख़ास तौर पर रक्तरंजित दौर के पूरे विवरण में रुचि रखता है, उसे बाथिल्डा बैगशॉट की पुस्तक *अ हिस्ट्री ऑफ़ मैजिक* पढ़ना चाहिए (लिटिल रेड बुक्स, 1947)।

कोई चीज़ नहीं होती, तो ख़ुद की तरह ही हमें इन विस्मयकारी जानवरों को भी उनसे छिपाना था।

अंतरराष्ट्रीय जादूगर महासंघ ने 1692 की मशहूर शिखर वार्ता में इस मसले पर बहस की। जादुई प्राणियों के उलझन भरे प्रश्न पर सभी देशों के जादूगरों ने सात सप्ताह तक बहस की, जो कई बार कटु भी हुई। हम कितनी प्रजातियों को मगलुओं से छिपा सकते हैं और वे कौन सी हों? हमें उन्हें कहाँ और कैसे छिपाना चाहिए? बहस चलती रही, हालाँकि कुछ जानवर तो यह जानते ही नहीं थे कि उनकी तक़दीर का फ़ैसला हो रहा है, जबकि बाक़ी बहस में योगदान दे रहे थे।[5]

आख़िरकार आम सहमति बन गई।[6] सत्ताईस प्रजातियों को मगलुओं से छिपाने की ज़रूरत थी, (जो ड्रैगन से लेकर धूलभक्षक तक अलग–अलग आकार की थीं), ताकि मगलुओं का यह भ्रम बना रहे कि कल्पना के बाहर उनका कभी अस्तित्व ही नहीं था। यह संख्या अगली सदी में बढ़ा दी गई, क्योंकि तब तक जानवरों को छुपाने के अपने तरीक़ों के बारे में जादूगरों का आत्मविश्वास बढ़ गया था। 1750 में जादूगरों के अंतरराष्ट्रीय गोपनीयता अधिनियम में उपनियम 73 जोड़ा गया, जिसका पालन आज पूरे संसार के जादू मंत्रालय करते हैं:

---

5. सेनटॉर, जलमानुषों और पिशाचों के प्रतिनिधि मंडलों को शिखर वार्ता में शिरकत करने के लिए राज़ी किया गया था।

6. सिर्फ़ पिशाचों को छोड़कर।

हर जादूगर प्रशासक संस्था अपने इलाक़े की सीमाओं में रहने वाले सभी जादुई जानवरों, अस्तित्वधारियों और भूतों को छिपाने, उनकी परवाह करने और उन्हें नियंत्रित करने के लिए ज़िम्मेदार होंगी। यदि ऐसा कोई प्राणी मगलू समुदाय को नुक़सान पहुँचाता है या उनका ध्यान आकर्षित करता है, तो अंतरराष्ट्रीय जादूगर महासंघ द्वारा उस देश की जादूगर प्रशासकीय संस्था पर अनुशासनात्मक कार्यवाही की जाएगी।

जादुई जानवर छिप गए

इस बात से इंकार में कोई तुक नहीं है कि उपनियम 73 लागू होने के बाद भी यदा–कदा इसका उल्लंघन हुआ है। ज़्यादा उम्र वाले ब्रिटिश पाठकों को 1932 का इल्फ़्राकूम्ब हादसा याद होगा, जब एक शरारती वेल्श ग्रीन ड्रैगन उस समुद्र तट पर झपटकर उतर गया, जो धूपस्नान ले रहे मगलुओं से भरा हुआ था। सौभाग्य से वहाँ एक जादूगर परिवार छुट्टियाँ मना रहा था और उसके साहसिक कार्यों की बदौलत हताहतों की संख्या को रोक लिया गया (इस जादूगर परिवार को बाद में ऑर्डर्स ऑफ़ मर्लिन, फ़र्स्ट क्लास पुरस्कार से नवाजा गया)। उन्होंने इल्फ़्राकूम्ब के बाशिंदों पर तुरंत स्मृति विलोपन सम्मोहन किया, जिससे एक तबाही होने से बाल–बाल बच गई (यह इस सदी में

सबसे बड़ी संख्या में मगलुओं पर किया जाने वाला स्मृति विलोपन सम्मोहन था)।[7]

अंतरराष्ट्रीय जादूगर महासंघ को उपनियम 73 का बार–बार उल्लंघन करने के लिए कुछ देशों पर जुर्माना करना पड़ा है। तिब्बत और स्कॉटलैंड दो सबसे बड़े अपराधी रहे हैं। येति को देखने वाले मगलुओं की संख्या इतनी ज़्यादा हो गई कि अंतरराष्ट्रीय जादूगर महासंघ को पहाड़ों में एक अंतरराष्ट्रीय कार्य बल स्थायी तौर पर तैनात करने की ज़रूरत महसूस हुई। इस दौरान विश्व का सबसे बड़ा अश्वप्रेत लॉक नेस में लुका–छिपी का खेल खेलता रहा है; ऐसा लगता है जैसे उसकी प्रचार व लोकप्रियता की भूख बहुत बढ़ गई है।

इन दुर्भाग्यशाली दुर्घटनाओं के बावजूद हम जादूगर इस बात के लिए ख़ुद को बधाई दे सकते हैं कि हमने अच्छा काम किया है। इस बारे में कोई शक नहीं है कि वर्तमान युग के बहुसंख्यक मगलू जादुई प्राणियों में विश्वास नहीं करते हैं, जिनसे उनके पूर्वज बहुत डरा करते थे। जो मगलू अश्वरक्षक की लीद या बहुरंगी की पगडंडी देखते हैं – यह मानना मूर्खतापूर्ण होगा कि इन जानवरों के सभी निशान छिपाए जा सकते हैं – सबसे सतही ग़ैर–जादुई स्पष्टीकरण

---

7. 1972 में लिखी अपनी पुस्तक *मगल्स हू नोटिस* में ब्लेनहाइम स्टॉक कहते हैं कि इल्फ़ाकूम्ब के कुछ बाशिंदे सामूहिक स्मृति विलोपन सम्मोहन से छूट गए थे। 'आज तक "डॉजी डर्क" उपनाम वाला एक मगलू दक्षिणी तट के शराबख़ानों में "गंदी उड़ने वाली बड़ी छिपकली" के बारे में बात करता है, जिसने उसके तैरने वाले गद्दे को तबाह कर दिया था।

से संतुष्ट हो जाते हैं।[8] यदि कोई मगलू मूर्खतावश किसी दूसरे से कह बैठता है कि उसने किसी गरुड़अश्व को उत्तर दिशा में उड़ते देखा, तो उसे आम तौर पर मदहोश या 'पागल' करार दे दिया जाता है। हालाँकि यह उस बेचारे मगलू के प्रति अन्याय लग सकता है, लेकिन यह चौराहों पर जलाने या गाँव के तालाब में डुबाए जाने से तो बेहतर ही है।

तो जादूगर समुदाय विलक्षण जानवरों को कैसे छिपाता है?

सौभाग्य से, मगलुओं की नज़र से बचने के लिए कुछ प्रजातियों को जादूगरों की मदद की ज़्यादा ज़रूरत नहीं होती। टीबो, स्वाँगधारी तथा वृक्षरक्षक जैसे प्राणियों के छिपने के अपने ख़ुद के बहुत सफल तरीक़े होते हैं और जादू मंत्रालय को उनके मामले में कभी हस्तक्षेप करने की ज़रूरत नहीं पड़ी है। इसके अलावा कुछ जानवर ऐसे भी हैं, जो चालाकी या जन्मजात शर्मीलेपन के कारण किसी भी क़ीमत पर मगलुओं से संपर्क करने से बुरी तरह कतराते हैं – मिसाल के तौर पर, युनिकॉर्न, चंद्रशावक और सेनटॉर। अन्य जादुई प्राणी ऐसी जगहों पर रहते हैं, जहाँ मगलू नहीं पहुँच सकते – जैसे दैत्य–मर्कटक बोर्नियो के गुप्त जंगल की गहराई में रहता है और मायापंछी पर्वत शिखर पर इतनी ऊँचाई पर रहता है कि वहाँ जादू के इस्तेमाल के बिना नहीं पहुँचा जा सकता। अंततः और सबसे आम तौर पर हमारे

---

8. मगलुओं की इस सौभाग्यशाली प्रवृत्ति की सम्मोहक जाँच के लिए पाठक यह पुस्तक पढ़ सकते हैं *द फ़िलॉसफ़ी ऑफ़ द मन्डेन : व्हाई द मगल्स प्रिफ़र नॉट टु नो*, प्रोफ़ेसर मॉर्डिकस एग (डस्ट एंड मिल्ड्यू, 1963)।

पास ऐसे जानवर होते हैं, जो बहुत छोटे या बहुत तेज़ होते हैं या सामान्य जानवरों जैसे दिखने में इतने कुशल होते हैं कि उन पर मगलुओं का ध्यान ही नहीं जाता है – परजीवी, वायुदंशक और कंटक–पुच्छ इसी श्रेणी में आते हैं।

बहरहाल, अब भी बहुत सारे जानवर ऐसे हैं, जो जान–बूझकर या अनजाने में मगलुओं के आकर्षण का केंद्र बने हुए हैं और इन्हें छिपाने के लिए जादुई प्राणी नियमन एवं नियंत्रण विभाग को बहुत मेहनत करनी पड़ती है। यह जादू मंत्रालय का दूसरा सबसे बड़ा विभाग है,[9] जो विभिन्न प्रजातियों की भिन्न–भिन्न आवश्यकताओं से अलग–अलग तरीक़ों से निबटता है।

सुरक्षित रहवास

सुरक्षित रहवास बनाना संभवतः जादुई प्राणियों को छिपाने की दिशा में सबसे महत्वपूर्ण क़दम है। मगलु–विकर्षण सम्मोहन अनधिकृत प्रवेश करने वालों को उन जंगलों में जाने से रोक देते हैं, जहाँ सेनटॉर और युनिकॉर्न रहते हैं। ये सम्मोहन मगलुओं को उन झीलों और नदियों में जाने से भी रोकते हैं, जो जलमानुषों के लिए सुरक्षित रखी गई हैं। पंचपाद जैसे पराकाष्ठा वाले मामलों में पूरे क्षेत्र को गुप्त बना दिया गया है, जो मानचित्र पर दिखाई नहीं देता।[10]

---

9. जादुई क़ानून अनुपालन विभाग जादू मंत्रालय का सबसे बड़ा विभाग है, जिसके प्रति बाक़ी छह विभाग कुछ मायनों में जवाबदेह होते हैं – रहस्य विभाग के संभावित अपवाद को छोड़कर।

10. जब कोई इलाक़ा गुप्त बना दिया जाता है, तो इसे नक़्शे पर चिन्हित करना असंभव होता है।

इनमें से कुछ सुरक्षित क्षेत्रों को जादूगरों के सतत पर्यवेक्षण में रखने की ज़रूरत होती है; मिसाल के तौर पर, ड्रैगन आरक्षित भूमि। हालाँकि युनिकॉर्न और जलमानुष अपने इस्तेमाल के लिए आवंटित इलाक़ों में ही ख़ुशी–ख़ुशी रहते हैं, लेकिन शिकार की खोज में ड्रैगन आरक्षित भूमि की सीमाओं के पार जाने का कोई न कोई मौक़ा ढूँढ ही लेते हैं। कुछ मामलों में मगलू–विकर्षक सम्मोहन काम नहीं करते हैं, क्योंकि जानवरों की ख़ुद की शक्तियाँ उन्हें रद्द कर देती हैं। मिसाल के तौर पर अश्वप्रेत, जिसका जीवन में एकमात्र उद्देश्य मगलुओं को अपनी ओर आकर्षित करना है और अवसादक, जो ख़ुद के लिए इंसान खोजता है।

विक्रय और कृत्रिम प्रजनन पर नियंत्रण

कोई मगलू किसी ज़्यादा बड़े या ख़तरनाक विलक्षण जानवर को देखकर दहशत में आए, यह आशंका अब काफ़ी कम हो गई है, क्योंकि जादूगरों द्वारा कृत्रिम प्रजनन कराने और उनके चूज़ों तथा अंडों की बिक्री पर सख़्त जुर्माना लगाया जाता है। जादुई प्राणी नियमन एवं नियंत्रण विभाग विलक्षण जानवरों के व्यापार की कठोर निगरानी करता है। 1965 में लागू प्रयोगात्मक प्रजनन पर प्रतिबंध ने नई प्रजातियाँ उत्पन्न करने को ग़ैर–क़ानूनी घोषित कर दिया है।

विभ्रम सम्मोहन

सड़क पर भी जादूगर जादुई जानवरों को छिपाने में अपनी भूमिका निभाता है। मिसाल के तौर पर, गरुड़अश्व के स्वामी विभ्रम सम्मोहन से जानवर को सम्मोहित करने के लिए क़ानून द्वारा बाध्य हैं, ताकि अगर कोई मगलू इसे देख ले, तो उसकी दृष्टि विकृत हो जाए। विभ्रम सम्मोहन हर दिन करना चाहिए, क्योंकि उसका प्रभाव कम होता रहता है।

स्मृति विलोपन सम्मोहन

जब सबसे बुरी चीज़ हो जाए और मगलू किसी ऐसे जानवर को देख ले जो उसे नहीं देखना चाहिए था, तो स्मृति विलोपन सम्मोहन शायद सबसे उपयोगी मरम्मत औज़ार है। स्मृति विलोपन सम्मोहन जानवर के मालिक को करना चाहिए, लेकिन मगलुओं द्वारा देखे जाने के गंभीर मामलों में जादू मंत्रालय द्वारा प्रशिक्षित विस्मृतिकारकों का दल भेजा जा सकता है।

मिथ्याप्रचार कार्यालय

मिथ्याप्रचार कार्यालय जादूगरों और मगलुओं के सिर्फ़ सबसे बुरे टकरावों में ही सक्रिय होता है। कुछ जादुई तबाहियाँ या दुर्घटनाएँ इतनी ज़्यादा स्पष्ट होती हैं कि मगलू उन्हें जादूगरों की मदद के बिना नहीं समझ सकते। ऐसे मामले में मिथ्याप्रचार कार्यालय सीधे मगलू प्रधानमंत्री से मिलकर घटना का विश्वसनीय लगने वाला ग़ैर–जादुई स्पष्टीकरण

खोजता है। इस कार्यालय के अथक प्रयासों की बदौलत मगलुओं को यह विश्वास दिला दिया गया है कि लॉक नेस वाले अश्वप्रेत की तमाम तस्वीरों के सबूत नक़ली हैं, जिससे एक ऐसी स्थिति से बचने में काफ़ी राहत मिली, जो एक वक़्त बेहद ख़तरनाक लग रही थी।

जादुई–जंतु–विज्ञान क्यों मायने रखता है

ऊपर बताए गए क़दम जादुई प्राणी नियमन एवं नियंत्रण विभाग द्वारा किए गए काम के पूरे दायरे और सीमा का सिर्फ़ संकेत देते हैं। अब सिर्फ़ इसी प्रश्न का जवाब देना रह जाता है, जिसका जवाब हम सभी अपने हृदय में जानते हैं : हम समुदाय और व्यक्तियों के रूप में जादुई प्राणियों को सुरक्षित रखने और छिपाने की कोशिश क्यों करते हैं, उन प्राणियों को भी जो जंगली हैं और जिन्हें पालतू नहीं बनाया जा सकता? ज़ाहिर है, जवाब यह है : यह सुनिश्चित करने के लिए कि जादूगरों और जादूगरनियों की भावी पीढ़ियाँ उनके अनूठे सौंदर्य और शक्तियों का उसी तरह आनंद ले पाएँ, जिस तरह हम लेते हैं।

यह पुस्तक हमारे संसार में रहने वाले विलक्षण जानवरों की विपुल संपदा की सिर्फ़ प्रस्तावना है। आगे के पन्नों में 81 प्रजातियों का वर्णन किया गया है, लेकिन मुझे कोई शक नहीं है कि आगे भी नई प्रजातियाँ खोजी जाएँगी, जिससे *फ़ैंटेस्टिक बीस्ट्स एंड व्हेयर टु फ़ाइंड दैम* का एक और संशोधित संस्करण प्रकाशित होगा। मैं सिर्फ़ इतना

कहना चाहूँगा कि मुझे यह सोचकर भारी ख़ुशी होती है कि इस पुस्तक के पन्नों के ज़रिये छोटे जादूगरों और जादूगरनियों की पीढ़ियाँ उन विलक्षण जानवरों के बारे में ज़्यादा ज्ञान और समझ हासिल करेंगी, जिनसे मैं प्रेम करता हूँ।

जादू मंत्रालय का श्रेणीकरण

जादुई प्राणी नियमन एवं नियंत्रण विभाग ने सभी ज्ञात जानवरों, अस्तित्वधारियों और भूतों को श्रेणियों में बाँट दिया है। इससे एक ही नज़र में यह पता चल जाता है कि किसी प्राणी को कितना ख़तरनाक माना जाता है। पाँच श्रेणियाँ इस तरह हैं :

जादू मंत्रालय की श्रेणियाँ

XXXXX	ज्ञात जादूगर मारक/प्रशिक्षित करना या पालतू बनाना असंभव
XXXX	ख़तरनाक/विशेषज्ञतापूर्ण ज्ञान की आवश्यकता/योग्य जादूगर सँभाल सकता है
XXX	सक्षम जादूगर इससे निबट सकता है
XX	हानिरहित/पालतू बनाया जा सकता है
X	उबाऊ

कुछ मामलों में मुझे लगा कि किसी ख़ास जानवर की श्रेणी के संबंध में स्पष्टीकरण देना ज़रूरी है, इसलिए मैंने उसके नीचे फुटनोट्स दे दिए हैं।

विलक्षण जानवर A से Z तक

A

दैत्य–मर्कटक (एक्रोमैन्च्युला)

जादू मंत्रालय श्रेणीः XXXXX

दैत्य–मर्कटक आठ आँखों वाला विकराल मकड़ा होता है, जो इंसानी भाषा बोल सकता है। इसका उद्‌गम बोर्नियो में हुआ, जहाँ यह घने जंगल में रहता है। इसकी शारीरिक विशेषताएँ ये हैं : मोटे काले बाल इसके पूरे शरीर को ढँक लेते हैं। इसके डग पंद्रह फुट तक के हो सकते हैं। रोमांचित या क्रोधित होने पर दैत्य–मर्कटक की चिमटियाँ खटखट की आवाज़ निकालती हैं; इसका स्त्राव विषैला होता है। दैत्य–मर्कटक मांसाहारी होता है और बड़े शिकारों को पसंद करता है। यह ज़मीन पर गुंबद के आकार के जाल बुनता है। मादा नर से ज़्यादा बड़ी होती है और एक बार में सौ अंडे दे सकती है। ये अंडे नरम और सफ़ेद होते हैं। ये उन गेंदों जितने बड़े होते हैं, जिनसे मगलू समुद्र तट पर खेलते हैं। छह से आठ सप्ताह में अंडों से बच्चे निकल आते हैं। जादुई प्राणी नियमन एवं नियंत्रण विभाग ने दैत्य–मर्कटक अंडों को प्रथम श्रेणी अविक्रेय वस्तुओं का दर्जा दिया है, जिसका मतलब है कि इनके आयात या बिक्री पर गंभीर दंड का प्रावधान है।

माना जाता है कि संभवतः इस जानवर को किसी जादूगर ने अपने निवास या ख़ज़ाने की रक्षा करने के उद्‌देश्य से उत्पन्न किया था, जैसा कि जादू से उत्पन्न भयंकर जानवरों

के मामले में प्रायः देखा जाता है।[1] दैत्य–मर्कटक में लगभग इंसानों जितनी बुद्धि होती है, लेकिन इसके बावजूद इसे प्रशिक्षित नहीं किया जा सकता। यह जादूगरों और मगलुओं दोनों के लिए बहुत ख़तरनाक होता है।

इस अफ़वाह की अभी तक पुष्टि नहीं हुई है कि स्कॉटलैंड में दैत्य–मर्कटकों की बस्ती बन चुकी है।

भस्म–सर्प (एशवाइंडर)

जादू मंत्रालय श्रेणीः XXX

भस्म–सर्प तब बनता है, जब जादुई अग्नि[2] को बहुत लंबे समय तक बग़ैर निगरानी के जलता छोड़ दिया जाए। यह पतला, हल्का भूरा, चमकती लाल आँखों वाला सर्प बग़ैर निगरानी वाली आग की राख से निकलता है और रेंगकर घर के अँधेरे कोनों में चला जाता है। यह अपने पीछे राख की लकीर छोड़ जाता है।

भस्म–सर्प सिर्फ़ एक घंटे तक जीवित रहता है और इस दौरान मादा एक अँधेरी तथा वीरान जगह खोजती है, जिसमें यह अपने अंडे दे सके। एक घंटे बाद यह धूल में मिल जाता है। भस्म–सर्प के अंडे भड़कीले लाल होते हैं और इनसे बहुत गर्मी निकलती है। यदि उन्हें खोजकर

---

1. मानव भाषा में सक्षम जानवर शायद ही कभी स्व–शिक्षित होते हैं, हालाँकि जार्वी इसका अपवाद है। प्रयोगात्मक प्रजनन पर प्रतिबंध इस सदी तक लागू नहीं हुआ था; दैत्य–मर्कटक के दिखने का पहला दर्ज विवरण 1794 का है।

2. कोई भी आग, जिसमें छू पाउडर जैसा जादुई पदार्थ डाला गया हो।

सही मंत्र से बर्फ़ीला न बनाया जाए, तो वे चंद मिनटों में ही पूरे घर को जलाकर राख कर सकते हैं। जिस भी जादूगर को यह अंदेशा हो कि उसके घर में एक या ज़्यादा भस्म–सर्प मौजूद हैं, उसे उन्हें तुरंत ढूँढ़ना चाहिए और अंडों के घोंसलों का ठिकाना खोजना चाहिए। बर्फ़ीला बनाने के बाद इन अंडों का इस्तेमाल प्रेम काढ़े में होता है, इसलिए ये बहुत मूल्यवान होते हैं। शीतज्वर के इलाज के लिए इन्हें साबुत भी खाया जा सकता है।

भस्म–सर्प पूरे संसार में पाए जाते हैं।

ऑगरी

(इसे आइरिश मायापंछी के रूप में भी जाना जाता है)

जादू मंत्रालय श्रेणीः XX

ऑगरी चिड़िया ब्रिटेन और आयरलैंड की मूल निवासी है, हालाँकि कई बार यह उत्तरी यूरोप में भी पाई जाती है। पतली और मातमी दिखने वाली इस चिड़िया का हुलिया कुछ हद तक किसी छोटे और कुपोषित गिद्ध जैसा होता है। यह हरी–काली होती है। यह बहुत शर्मीली होती है, काँटेदार झाड़ियों में घोंसला बनाती है, बड़े कीड़ों और परियों को खाती है, सिर्फ़ भारी बारिश में ही उड़ती है और बाक़ी वक़्त अपने आँसू के आकार वाले घोंसले में छिपी रहती है।

ऑगरी का क्रंदन बहुत धीमा और कंपायमान होता है। कभी माना जाता था कि ऑगरी का क्रंदन मृत्यु की

भविष्यवाणी है। जादूगर ऑगरी के घोंसलों से बचते थे, क्योंकि उन्हें यह डर रहता था कि कहीं हृदय को चीरने वाली आवाज़ सुनाई न दे जाए। कहा जाता है कि किसी झुरमुट के पास से गुज़रते वक़्त अनदेखी ऑगरी का क्रंदन सुनाई देने पर एक से ज़्यादा जादूगरों को दिल का दौरा पड़ चुका है।[3] बहरहाल, लंबे समय तक हुए शोध से अंततः यह पता चला है कि ऑगरी सिर्फ़ बारिश आने पर ही गाती है।[4] तब से ऑगरी को मौसम की घरेलू भविष्यवक्ता के रूप में मान्यता मिल चुकी है, लेकिन कई लोगों को जाड़ों के महीनों में इसका निरंतर विलाप असहनीय लगता है। ऑगरी के पंख क़लम बनाने के काम नहीं आते हैं, क्योंकि वे स्याही को विकर्षित करते हैं।

---

3. यूरिक द ऑडबॉल जिस कमरे में सोते थे, उसमें पचास से ज़्यादा पालतू ऑगरी रहती थीं। एक ख़ास तौर पर नम जाड़े में ऑगरी की कराहों से यूरिक को विश्वास हो गया कि वे मर चुके थे और भूत बन गए थे। इसके बाद अपने मकान की दीवारों को भेदकर निकलने की उनकी कोशिशों का जो नतीजा निकला, उसे उनके जीवनी–लेखक रैडॉल्फस पिट्टीमैन ने 'दस दिनों का मस्तिष्काघात' बताया है।

4. देखें *व्हाई आई डोन्ट डाई व्हैन द ऑगरी क्राइड*, गुलिवर पोकबी (लिटिल रेड बुक्स, 1824)।

कालदृष्टि (बैसिलिस्क)

(सर्प–सम्राट के नाम से भी मशहूर)

जादू मंत्रालय श्रेणीः XXXXX

पहले दर्ज कालदृष्टि सर्प को एक यूनानी शैतानी जादूगर और सर्पभाषी हर्पो द फ़ाउल ने उत्पन्न किया था, जिसने काफ़ी प्रयोगों के बाद यह खोजा कि यदि मुर्गी के अंडे को विषैले मेंढक के नीचे सेया जाए, तो इससे असाधारण ख़तरनाक शक्तियों वाला दैत्याकार सर्प उत्पन्न होता है।

चमकदार हरे सर्प कालदृष्टि की लंबाई पचास फुट तक हो सकती है। नर कालदृष्टि के सिर पर लाल कलगी होती है। इसके दाँत बहुत ज़हरीले होते हैं, लेकिन इसकी पीली और बड़ी–बड़ी आँखों की निगाह हमले का सबसे ख़तरनाक साधन है। जो भी इन आँखों में सीधे देखता है, उसकी तत्क्षण मृत्यु हो जाती है।

यदि आहार के स्त्रोत पर्याप्त हैं (कालदृष्टि सभी स्तनपायी प्राणियों, पक्षियों और ज़्यादातर रेंगने वाले जीवों को खा लेता है), तो यह सर्प बहुत लंबी उम्र तक ज़िंदा रह सकता है। कहा जाता है कि हर्पो द फ़ाउल का कालदृष्टि सर्प नौ सौ साल तक जीवित रहा था।

मध्य युग से कालदृष्टि को उत्पन्न करना ग़ैर–क़ानूनी घोषित कर दिया गया है। हालाँकि जब जादुई प्राणी नियमन एवं नियंत्रण विभाग जाँच करने आता है, तो विषैले

मेंढक के नीचे से मुर्गी के अंडे को हटाकर अपराधी आसानी से बच जाते हैं। चूँकि कालदृष्टि को सर्पभाषा के सिवाय किसी दूसरी चीज़ से क़ाबू नहीं किया जा सकता, इसलिए यह मगलुओं व अन्य जादूगरों की तरह ही ज़्यादातर शैतानी जादूगरों के लिए भी ख़तरनाक होता है। कम से कम चार सौ सालों से ब्रिटेन में कालदृष्टि सर्प के दिखने का कोई विवरण दर्ज नहीं है।

वायुदंशक (बिलीविग)

जादू मंत्रालय श्रेणीः XXX

वायुदंशक मूल रूप से ऑस्ट्रेलिया में पाया जाने वाला कीड़ा है। इसकी लंबाई लगभग आधा इंच होती है। इसका रंग चमकदार नीलम जैसा नीला होता है, हालाँकि इसकी गति इतनी तेज़ होती है कि मगलुओं को तो रहने ही दें, अक्सर जादूगर भी इसे तब तक नहीं देख पाते हैं, जब तक कि यह उन्हें काट न ले। वायुदंशक के पंख इसके सिर के ऊपर जुड़े होते हैं और बहुत तेज़ी से घूमते हैं, जिस वजह से यह उड़ते समय गोल–गोल घूमता है। इसके शरीर के निचले हिस्से में एक लंबा पतला डंक होता है। जिन लोगों को वायुदंशक काट लेता है, उन्हें चक्कर आने लगते हैं और इसके बाद वे ज़मीन से उठकर हवा में तैरने लगते हैं। इस अनुभव का आनंद लेने के लिए छोटी ऑस्ट्रेलियाई जादूगरनियाँ और जादूगर कई पीढ़ियों से वायुदंशकों को पकड़ने की कोशिश कर रहे हैं और इन्हें काटने के लिए उकसा भी रहे हैं, लेकिन कई बार दंश की वजह से शिकार को गंभीर समस्याएँ भी आ सकती हैं। वह कई दिनों तक लगातार बेक़ाबू होकर हवा में मँडरा सकता है। गंभीर एलर्जी की स्थिति में स्थायी वायु–तैराकी भी शुरू हो सकती है। वायुदंशकों के सूखे डंक का इस्तेमाल कई काढ़ों में किया जाता है और माना जाता है कि इन्हें लोकप्रिय मिष्ठान्न फ़िज़िंग व्हिज़बीज़ में भी डाला जाता है।

वृक्षरक्षक (बोट्रकल)

जादू मंत्रालय श्रेणीः XX

वृक्षरक्षक वृक्षों की रक्षा करने वाला जीव है। यह मुख्यतः पश्चिमी इंग्लैंड, दक्षिण जर्मनी और स्कैंडिनेविया के चुनिंदा जंगलों में पाया जाता है। इसे देखना बहुत मुश्किल होता है, क्योंकि यह बहुत छोटा होता है (अधिकतम क़द आठ इंच) और इसका रंग–रूप वृक्ष की छाल व टहनियों जैसा होता है, जिसमें से दो छोटी भूरी आँखें बाहर झाँकती हैं।

वृक्षरक्षक कीड़े–मकोड़े खाता है। यह शांत और बहुत संकोची होता है, लेकिन जिस वृक्ष में यह रहता है, यदि उस पर कोई जोखिम आ जाए, तो यह लकड़ी काटने वाले पर छलाँग लगा देता है, जो इसके घर को नुक़सान पहुँचाने की कोशिश कर रहा है। इसके बाद यह अपनी लंबी, पैनी अँगुलियों से उसकी आँखें नोंच डालता है। वुडलाइस कीड़े सामने रखकर वृक्षरक्षक को इतनी देर तक संतुष्ट रखा जा सकता है कि जादूगर या जादूगरनी इसके वृक्ष से अपनी छड़ी के लिए लकड़ी तोड़ ले।

धूलभक्षक (बंडीमन)

जादू मंत्रालय श्रेणीः XXX

धूलभक्षक पूरे संसार में पाए जाते हैं। ये फ़र्श के पटियों के नीचे व फ़र्नीचर के पीछे रेंगकर घुसने में माहिर होते हैं और वे पूरे घर में संक्रमण फैला देते हैं। धूलभक्षक की उपस्थिति की सूचना आम तौर पर सड़ाँध की बदबू से पता

चलती है। धूलभक्षक एक द्रव निकालता है, जिससे मकान की नींव सड़ जाती है।

आराम करते वक़्त धूलभक्षक आँखों वाले हरे फफूँद के ढेर जैसा दिखता है। वैसे जब इसे संकट महसूस होता है, तो यह अपने बहुत सारे पतले पैरों पर सरपट दौड़ सकता है। यह धूल खाता है।

स्वच्छो सम्मोहन घर को धूलभक्षक के संक्रमण से मुक्त कर देता है, लेकिन अगर वे बहुत ज़्यादा बड़े हो गए हों, तो मकान गिरने से पहले जादुई प्राणी नियमन एवं नियंत्रण विभाग (विनाशकारी कीट उप–विभाग) से संपर्क करना चाहिए। धूलभक्षक के स्त्राव को तनु करके इसका इस्तेमाल कुछ जादुई स्वच्छता द्रवों में किया जाता है।

सेनटॉर

जादू मंत्रालय श्रेणीः XXXX[5]

सेनटॉर का सिर, धड़ और बाँहें इंसान जैसी होती हैं, बाक़ी शरीर घोड़े जैसा होता है, जो किसी भी रंग का हो सकता है। सेनटॉर बुद्धिमान होते हैं और भाषा बोलने में सक्षम होते हैं, इसलिए इन्हें जानवर कहना उचित नहीं है, लेकिन इनके ही आग्रह पर जादू मंत्रालय ने इन्हें जानवरों की श्रेणी में रखा है (इस पुस्तक की प्रस्तावना देखें)।

सेनटॉर जंगल में रहते हैं। माना जाता है कि इनका उद्गम यूनान में हुआ था, हालाँकि सेनटॉर समुदाय अब यूरोप के कई हिस्सों में पाए जाते हैं। जादूगर अधिकारियों ने सेनटॉरों के रहने के इलाक़ों को इस तरह सुरक्षित कर दिया है, ताकि मगलू उन्हें परेशान न कर सकें। वैसे सेनटॉर को जादूगरों के संरक्षण की ख़ास ज़रूरत नहीं है, क्योंकि उनके पास इंसानों से छिपने के अपने ख़ुद के साधन होते हैं।

सेनटॉर के तौर–तरीक़े रहस्य में ढँके हुए हैं। आम तौर पर वे मगलुओं के साथ–साथ जादूगरों पर भी अविश्वास करते हैं। दरअसल वे हमारे बीच कोई भेद नहीं करते हैं।

---

5. सेनटॉर को फ़ोर एक्स श्रेणी में इसलिए नहीं रखा गया है, क्योंकि यह बहुत आक्रामक होता है, बल्कि इसलिए रखा गया है, क्योंकि इसके साथ बहुत सम्मान से पेश आना चाहिए। यही बात जलमानुषों और युनिकॉर्न पर भी लागू होती है।

वे झुंड में रहते हैं, जिसका आकार दस से पचास सदस्यों के बीच होता है। माना जाता है कि वे जादुई उपचार, भविष्यज्ञान, तीरंदाज़ी और खगोलविद्या में निपुण होते हैं।

ज्वाला–सिंह (शिमेरा)

जादू मंत्रालय श्रेणीः XXXXX

ज्वाला–सिंह एक दुर्लभ यूनानी दैत्य है, जिसका सिर शेर जैसा, शरीर बकरी जैसा और पूँछ ड्रैगन जैसी होती है। दुष्ट और ख़ून का प्यासा ज्वाला–सिंह बेहद ख़तरनाक होता है। इसे मारने का सिर्फ़ एक ही सफल उदाहरण मिलता है, हालाँकि उसे मारने वाला दुर्भाग्यशाली जादूगर

अपनी कोशिशों से थककर जल्दी ही अपने पंखदार घोड़े (नीचे देखें) से गिरकर मर गया था। ज्वाला–सिंह के अंडे प्रथम श्रेणी अविक्रेय वस्तुओं की श्रेणी में आते हैं।

परजीवी (चिज़पर्फ़ल)

जादू मंत्रालय श्रेणीः XX

चिज़पर्फ़ल छोटे परजीवी हैं, जिनकी ऊँचाई एक इंच के बीसवें हिस्से जितनी होती है। ये केकड़े जैसे दिखते हैं, जिसके दाँत बड़े होते हैं। ये जादू से आकर्षित होते हैं और कंटक–पुच्छ व ऑगरी जैसे जीवों के बालों तथा पंखों को संक्रमित कर सकते हैं। ये जादूगरों के घर में भी दाख़िल होकर छड़ी जैसी जादुई वस्तुओं पर हमला कर देते हैं और धीरे–धीरे इसके जादुई मूल तत्व तक कुतरते रहते हैं। या फिर गंदी कड़ाहियों में डेरा डाल लेते हैं और बचे हुए काढ़े की बूँदें पी लेते हैं।[6] हालाँकि बाज़ार में मिलने वाले कई लोकप्रिय काढ़ों से परजीवी को नष्ट करना बहुत आसान है, लेकिन गंभीर संक्रमण की स्थिति में जादुई प्राणी नियमन एवं नियंत्रण विभाग के विनाशकारी कीट उपविभाग की सहायता की ज़रूरत पड़ सकती है, क्योंकि जादुई तत्वों से फूले परजीवी से जूझना बहुत मुश्किल होता है।

---

6. जादू की ग़ैर मौजूदगी में परजीवी बिजली के यंत्रों पर अंदर से हमला कर देते हैं (बिजली क्या है, इसे ज़्यादा अच्छी तरह समझने के लिए पढ़ें *होम लाइफ एंड सोशल हैबिट्स ऑफ़ ब्रिटिश मगल्स*, विल्हेम विगवर्दी, लिटिल रेड बुक्स, 1987)। परजीवी संक्रमण कई तुलनात्मक रूप से नए विद्युत उपकरणों की आश्चर्यजनक ख़राबी का कारण होता है।

संकटसूचक (क्लैबर्ट)

जादू मंत्रालय श्रेणीः XX

संकटसूचक पेड़ पर रहने वाला प्राणी है, जिसका हुलिया बंदर और मेंढक के संकर जैसा है। इसका उद्‌भव अमेरिका के दक्षिणी प्रांतों में हुआ, हालाँकि इसके बाद यह पूरे संसार में निर्यात हो चुका है। संकटसूचक की चिकनी और रोमरहित त्वचा छींटदार हरी होती है। इसके हाथ–पैरों में जाल होते हैं। हाथ–पैर लंबे और लचीले होते हैं, जिससे संकटसूचक ओरंगुटान जितनी चपलता से पेड़ की शाखाओं के बीच झूल सकता है। इसके सिर पर छोटे सींग होते हैं। इसका मुँह चौड़ा होता है, जो मुस्कुराता नज़र आता है तथा ब्लेड जितने पैने दाँतों से भरा होता है। संकटसूचक ज़्यादातर छोटी छिपकलियों और पक्षियों का भक्षण करता है।

संकटसूचक का सबसे विशिष्ट लक्षण इसके माथे के बीच का बड़ा फोड़ा है, जो ख़तरे या संकट का आभास होते ही बैंगनी होकर चमकने लगता है। अमेरिकी जादूगर पहले संकटसूचक को अपने बगीचे में रखते थे, ताकि मगलुओं के आने की चेतावनी पहले से मिल जाए, लेकिन अंतरराष्ट्रीय जादूगर महासंघ के जुर्माना लगाने के बाद यह परंपरा काफ़ी हद तक ख़त्म हो चुकी है। रात को संकटसूचक के चमकते फोड़ों का मंज़र बहुत आकर्षक दिखता है, लेकिन बहुत से मगलू इसे देखकर यह पूछने के लिए लालायित होते हैं कि उनके पड़ोसियों ने जून में क्रिसमस की जगमगाहट क्यों कर दी है।

कंटक–पुच्छ (क्रप)

जादू मंत्रालय श्रेणीः XXX

कंटक–पुच्छ इंग्लैंड के दक्षिण–पूर्व में उत्पन्न हुआ। यह शिकारी कुत्ते जैक रसेल से काफ़ी मिलता–जुलता है, बस काँटेदार पूँछ का अंतर होता है। कंटक–पुच्छ लगभग निश्चित रूप से जादूगर द्वारा उत्पन्न कुत्ता है, क्योंकि यह जादूगरों के प्रति बेहद वफ़ादार और मगलुओं के प्रति खूँखार होता है। यह बहुत बड़ा कूड़ाखोर होता है, जो बौनों से लेकर पुराने टायरों तक हर चीज़ खा जाता है। जादुई प्राणी नियमन एवं नियंत्रण विभाग कंटक–पुच्छ को पालने का लाइसेंस देता है। इसके लिए बस यह साबित करने के सरल परीक्षण में उत्तीर्ण होना होता है कि आवेदक जादूगर मगलुओं के रहवासी इलाक़ों में कंटक–पुच्छ को नियंत्रित कर सकता है। कंटक–पुच्छ के मालिक क़ानूनी रूप से बाध्य हैं कि वे छह से आठ सप्ताह की उम्र में दर्दरहित विभक्तीकरण सम्मोहन से कंटक–पुच्छ की पूँछ को हटा दें, ताकि इस पर मगलुओं का ध्यान न जाए।

स्वाँगधारी (डेमिगाइस)

जादू मंत्रालय श्रेणीः XXXX

स्वाँगधारी सुदूर पूर्व में पाया जाता है, हालाँकि इसे खोजना बहुत मुश्किल होता है, क्योंकि जोखिम होने पर यह जानवर ख़ुद को अदृश्य करने में सक्षम होता है और इसे केवल वे जादूगर ही देख सकते हैं, जो इसे पकड़ने में पारंगत होते हैं।

स्वाँगधारी एक शांतिपूर्ण शाकाहारी जानवर है, जो किसी शालीन वानर जैसा दिखता है। इसकी बड़ी, काली, उदास आँखें अक्सर बालों में छिपी होती हैं। पूरा शरीर लंबे, पतले, रेशमी, चाँदी जैसे बालों से ढँका होता है। स्वाँगधारी की खाल बहुत मूल्यवान होती है, क्योंकि इसके बालों से अदृश्य चोगा बनाया जा सकता है।

उड़नछू पंछी (डिरीकॉल)

जादू मंत्रालय श्रेणीः XX

उड़नछू पंछी मॉरीशस में उत्पन्न हुआ। इसका शरीर मोटा होता है, इसके पंख रोएँदार होते हैं और यह उड़ता नहीं है। उड़नछू पंछी का ख़तरे से बचने का बड़ा विचित्र तरीक़ा होता है। यह पंखों में हवा भरकर ग़ायब होकर दोबारा किसी दूसरी जगह प्रकट हो सकता है (मायापंछी में भी यह योग्यता होती है; नीचे देखें)।

रोचक बात यह है कि मगलू कभी उड़नछू पंछी के अस्तित्व के बारे में पूरी तरह जागरूक थे, हालाँकि वे इसे 'डोडो' नाम से जानते थे। मगलुओं को पता नहीं था कि उड़नछू पंछी इच्छानुसार ग़ायब हो सकता है, इसलिए उन्हें यह विश्वास हो गया कि उन्होंने इस प्रजाति का शिकार करके इसे विलुप्त कर दिया है। चूँकि इससे साथी प्राणियों को अंधाधुंध मारने के ख़तरों के प्रति मगलू जागरूकता बढ़ गई, इसलिए अंतरराष्ट्रीय जादूगर महासंघ ने इसे उचित नहीं माना कि मगलुओं को उड़नछू पंछी का अस्तित्व क़ायम रहने के बारे में जानकारी दी जाए।

डॉक्सी

(कई बार काटने वाली परी के नाम से भी जाना जाता है)

जादू मंत्रालय श्रेणीः XXX

डॉक्सी को अक्सर ग़लती से परी मान लिया जाता है (नीचे देखें), हालाँकि यह काफ़ी अलग प्रजाति है। परी की तरह ही इसका आकार भी किसी छोटे इंसान जैसा होता है, हालाँकि डॉक्सी का शरीर मोटे काले बालों से ढँका रहता है और इसके हाथ–पैर की एक अतिरिक्त जोड़ी होती है। इसके पंख मोटे, घुमावदार और चमकीले होते हैं, काफ़ी हद तक बीटल की तरह। यह पूरे उत्तर यूरोप और अमेरिका में पाए जाते हैं, क्योंकि इसे ठंडी जलवायु ज़्यादा पसंद होती है। मादा डॉक्सी एक बार में पाँच

सौ तक अंडे दे सकती है और उन्हें गाड़ सकती है। दो–तीन सप्ताह में इन अंडों से बच्चे निकल आते हैं। डॉक्सी के नुकीले, ज़हरीले दाँत दो क़तारों में होते हैं। इसके काटने पर विषहर औषधि लेना चाहिए।

ड्रैगन

जादू मंत्रालय श्रेणीः XXXXX

ड्रैगन संभवतः सबसे मशहूर जादुई जानवर हैं, जिसे छिपाना बेहद मुश्किल होता है। मादा आम तौर पर नर से ज़्यादा बड़ी और आक्रामक होती है, हालाँकि बेहद योग्य तथा प्रशिक्षित जादूगरों के अलावा किसी को भी ड्रैगन के क़रीब नहीं जाना चाहिए। ड्रैगन की खाल, रक्त, हृदय, लिवर और सींग में बहुत ज़्यादा जादुई गुण होते हैं, लेकिन ड्रैगन के अंडों को प्रथम श्रेणी ग़ैर–विक्रय वस्तुओं की श्रेणी में रखा गया है।

ड्रैगन की दस प्रजातियाँ होती हैं, लेकिन कभी–कभार ये आपस में प्रजनन कर लेती हैं, जिससे दुर्लभ वर्णसंकर उत्पन्न हो जाते हैं। शुद्ध नस्ल वाले ड्रैगन ये हैं :

ध्रुवीय दूधिया–चक्षु (एंटीपोडियन ओपल–आई)

दूधिया–चक्षु ड्रैगन न्यूज़ीलैंड का है, हालाँकि जब यहाँ जगह कम पड़ने लगी, तो यह ऑस्ट्रेलिया जाकर रहने लगा। असामान्य बात यह है कि यह ड्रैगन पहाड़ों के बजाय घाटियों में रहता है। यह मध्यम आकार का होता है (दो से तीन टन के बीच)। संभवतः यह सबसे सुंदर ड्रैगन होता

है। इसकी पपड़ियाँ रंग–बिरंगी, मोतिया होती हैं और आँखें चमकती, बहुरंगी, पुतलीरहित होती हैं, इसलिए इसका यह नाम पड़ा। यह ड्रैगन बहुत भड़कीली, गहरे लाल रंग की लपट फेंकता है, हालाँकि ड्रैगन के लिहाज़ से यह ख़ास आक्रामक नहीं होता है और जब तक भूखा न हो, तब तक यह शायद ही किसी की जान लेता है। इसका प्रिय आहार भेड़ है, हालाँकि यह ज़्यादा बड़े शिकार पर भी हमला करने के लिए मशहूर है। 1970 के दशक के अंत में एक नर दूधिया–चक्षु ड्रैगन को कंगारुओं की अतिशय मृत्यु का ज़िम्मेदार माना गया था, क्योंकि दबंग मादा ने उसे उसकी गृहभूमि से खदेड़ दिया था। दूधिया–चक्षु के अंडे पीले भूरे होते हैं और अनजान मगलू उन्हें जीवाश्म समझने की ग़लती कर सकते हैं।

चीनी अग्निपिंड (चाइनीज़ फ़ायरबॉल)

(कई बार इसे सिंह–ड्रैगन भी कहा जाता है)

इस एकमात्र पूर्वी ड्रैगन का हुलिया ख़ास तौर पर असाधारण होता है। इसकी पपड़ी गहरी लाल और चिकनी होती है। इसके चपटी नाक वाले चेहरे के चारों ओर सुनहरे सींगों की झालर होती है और आँखें बहुत ज़्यादा बाहर निकली होती हैं। इसका नाम अग्निपिंड इसलिए पड़ा, क्योंकि गुस्सा होने पर इसके नथुनों से मशरूम के आकार की लपट निकलती है। इसका वज़न दो से चार टन के बीच होता है; मादा नर से ज़्यादा बड़ी होती है। अंडे चमकीले लाल रंग के होते हैं, जिनमें सुनहरे छींट होते हैं और इनके खोल चीनी जादूगरी में इस्तेमाल के लिए बहुत मूल्यवान माने जाते हैं। अग्निपिंड

आक्रामक होता है, लेकिन ज़्यादातर ड्रैगनों के मुक़ाबले अपनी प्रजाति के प्रति ज़्यादा सहिष्णु होता है; कई बार तो यह अपना इलाक़ा दो अन्य ड्रैगनों के साथ बाँटने को भी तैयार हो जाता है। अग्निपिंड ज़्यादातर स्तनपायियों को खाना पसंद करता है, हालाँकि इसे सुअर और इंसान विशेष पसंद होते हैं।

कॉमन वेल्श ग्रीन

कॉमन वेल्श ग्रीन का रंग इसकी गृहभूमि की चमकदार घास से अच्छी तरह मेल खाता है, हालाँकि यह ऊँचे पहाड़ों पर रहता है, जहाँ इसके संरक्षण के लिए अभयारण्य बनाया गया है। इल्फ़्राकूम्ब हादसे के बावजूद (देखें प्रस्तावना) यह ड्रैगनों में सबसे कम कष्टदायक प्रजाति है। दूधिया–चक्षु की तरह यह ड्रैगन भी भेड़ों का भक्षण करता है और इंसानों से दूर रहने की भरसक कोशिश करता है, जब तक कि इसे उत्तेजित न कर दिया जाए। वेल्श ग्रीन की आश्चर्यजनक रूप से मधुर दहाड़ होती है, जिसे आसानी से पहचाना जा सकता है। इसके नथुनों से आग पतली धार में निकलती है। वेल्श ग्रीन के अंडे मिट्टी की तरह भूरे होते हैं, जिनमें हरे कण होते हैं।

हैब्रिडियन ब्लैक

ब्रिटेन का मूल निवासी यह ड्रैगन अपने वेल्श साथी से ज़्यादा आक्रामक होता है। इस प्रजाति के हर ड्रैगन को सौ वर्ग मील तक के इलाक़े की ज़रूरत होती है। लगभग तीस फुट लंबे हैब्रिडियन ब्लैक की पपड़ी खुरदुरी होती है, आँखें चमकदार बैंगनी होती हैं और इसकी पीठ पर उथले लेकिन ब्लेड जितने

पैने उभारों की लक़ीर होती है। इसकी पूँछ पर तीर के आकार की कील होती है और पंख चमगादड़ जैसे होते हैं।

हैब्रिडियन ब्लैक ज़्यादातर हिरणों का भक्षण करता है, हालाँकि यह बड़े कुत्तों और मवेशियों तक को उठाकर ले जा सकता है। सदियों से हैब्रिड्स में रहने वाला जादूगर कुनबा मैक्फ़स्टी पारंपरिक रूप से अपने देशज ड्रैगनों के प्रबंधन की ज़िम्मेदारी उठा रहा है।

हंगेरियन हॉर्नटेल

हंगेरियन हॉर्नटेल को सभी ड्रैगन प्रजातियों में सबसे ज़्यादा ख़तरनाक माना जाता है। इसकी काली पपड़ियाँ होती हैं और हुलिया छिपकली जैसा होता है। इसकी आँखें पीली होती हैं, काँसे के रंग के सींग होते हैं और इसी रंग की कीलें होती हैं, जो इसकी लंबी पूँछ से बाहर निकली होती हैं। हॉर्नटेल सबसे लंबे दायरे तक आग उगलता है (पचास फुट तक)। इसके अंडे सीमेंट के रंग के होते हैं और इनका खोल ख़ास तौर पर कठोर होता है; छोटे बच्चे अपनी पूँछ का इस्तेमाल करके अंडों से बाहर आते हैं। पूँछ की कीलें जन्म के समय अच्छी तरह विकसित होती हैं। हंगेरियन हॉर्नटेल बकरियों, भेड़ों और जब संभव हो तो इंसानों का भक्षण करता है।

नॉर्वेजियन रिजबैक

नॉर्वेजियन रिजबैक ज़्यादातर मामलों में हॉर्नटेल जैसा होता है, हालाँकि पूँछ की कील के बजाय पीठ पर ख़ास तौर पर उभरे काले टीले होते हैं। अपनी ख़ुद की प्रजाति के प्रति

बेहद आक्रामक होने की वजह से रिजबैक आजकल ड्रैगनों की सबसे दुर्लभ प्रजातियों में से एक हो चुकी है। यह ज़मीन पर रहने वाले ज़्यादातर स्तनपायी प्राणियों पर हमला करने के लिए जाना जाता है और ड्रैगन के लिहाज़ से असाधारण बात यह है कि यह पानी में रहने वाले जीवों का भी भक्षण करता है। एक अपुष्ट जानकारी में यह दावा किया गया है कि 1802 में एक रिजबैक नॉर्वे के समुद्र तट से व्हेल के बच्चे को उठाकर ले गया था। रिजबैक के अंडे काले होते हैं और बच्चे बाक़ी प्रजातियों की तुलना में आग उगलने की योग्यताएँ जल्दी विकसित कर लेते हैं (एक से तीन महीने की उम्र में)।

पेरूवियन वाइपरटूथ

यह सबसे छोटा और सबसे तेज़ उड़ने वाला ड्रैगन है। इसकी लंबाई सिर्फ़ पंद्रह फुट होती है। पेरूवियन वाइपरटूथ की पपड़ी चिकनी और ताँबई होती है, जिसमें टीलों के काले निशान होते हैं। सींग छोटे होते हैं और दाँत ख़ास तौर पर ज़हरीले होते हैं। वाइपरटूथ बकरियों और गायों को तुरंत चट कर जाता है, लेकिन इसे इंसान का भक्षण इतना प्रिय है कि अंतरराष्ट्रीय जादूगर महासंघ को उन्नीसवीं सदी के उत्तरार्ध में वाइपरटूथ की ख़तरनाक ढंग से बढ़ रही संख्या को घटाने के लिए संहारक भेजने पड़े थे।

रूमानियन लाँगहॉर्न

लाँगहॉर्न की पपड़ी गहरी हरी होती है और सींग लंबे, चमकीले सुनहरे होते हैं, जिनसे यह शिकार को भेदता है

और बाद में लपट निकालकर उन्हें भूनता है। इन सींगों का चूर्ण काढ़े के तत्व के रूप में बहुत मूल्यवान होता है। लाँगहॉर्न का मूल इलाक़ा अब विश्व का सबसे महत्वपूर्ण ड्रैगन अभयारण्य बन चुका है, जहाँ सभी देशों के जादूगर विभिन्न ड्रैगनों का क़रीब से अध्ययन करते हैं। लाँगहॉर्न के लिए गहन प्रजनन योजना चलाई गई है, क्योंकि हाल के वर्षों में इसकी आबादी बहुत कम हो गई है। यह काफ़ी हद तक इसके सींगों के व्यापार की वजह से हुआ है, जिन्हें अब द्वितीय श्रेणी विक्रेय वस्तु के रूप में परिभाषित किया गया है।

स्वीडिश शॉर्ट–स्नाउट

स्वीडिश शॉर्ट–स्नाउट एक आकर्षक सफ़ेद–नीला ड्रैगन होता है, जिसकी चमड़ी का बड़ा महत्व है, क्योंकि इससे रक्षक दस्ताने और कवच बनाए जाते हैं। इसके नथुनों से निकलने वाली लपट चमकदार नीली होती है और यह पलक झपकते ही लकड़ी और हड्डी को राख में बदल सकती है। शॉर्ट–स्नाउट ने ज़्यादातर ड्रैगनों के मुक़ाबले कम इंसानों की जान ली है, लेकिन इसका इसे ज़्यादा श्रेय नहीं जाता है। इसकी वजह तो बस यही है कि इसे एकाकी और वीरान पहाड़ी इलाक़ों में रहना पसंद है।

यूक्रेनियन आइरनबेली

ड्रैगन की सबसे बड़ी प्रजाति आइरनबेली का वज़न छह टन तक हो सकता है। यह गोल होता है। वाइपरटूथ या

लाँगहॉर्न की तुलना में इसकी उड़ने की गति धीमी होती है, लेकिन इसके बावजूद यह बहुत ख़तरनाक होता है। यह जिन घरों पर उतरता है, उन्हें चकनाचूर करने में सक्षम होता है। इसकी पपड़ी धातुई भूरी होती है, आँखें गहरी सुर्ख लाल होती हैं और इसके नाख़ून ख़ास तौर पर लंबे व ख़तरनाक होते हैं। 1799 में एक आइरनबेली ड्रैगन ने काला सागर में तैर रहे एक जहाज़ (जो सौभाग्य से ख़ाली था) को उठा लिया था और तब से यूक्रेनियन जादूगर अधिकारी आइरनबेली पर लगातार नज़र रखते हैं।

दलदली (डगबॉग)

जादू मंत्रालय श्रेणीः XXX

दलदली दलदल में रहने वाला प्राणी है, जो यूरोप और उत्तर व दक्षिण अमेरिका में पाया जाता है। स्थिर रहने पर यह किसी बेजान लकड़ी जैसा दिखता है, हालाँकि नज़दीक से देखने पर इसके मीनपक्ष पंजे और बहुत नुकीले दाँत दिख जाएँगे। यह दलदली जगहों पर रेंगता और सरकता रहता है, मुख्यतः छोटे स्तनपायी जीवों को खाता है तथा पैदल चलने वालों के टखनों को गंभीर चोट पहुँचाता है। दलदली का प्रिय आहार मैंड्रेक नामक विषैला पौधा है। मैंड्रेक उगाने वाले जादूगर जब अपने प्रिय पौधे की पत्तियों को पकड़ते हैं, तो डगबॉग की हरकतों की वजह से उन्हें नीचे ख़ून–खच्चर, क्षत–विक्षत गंदगी मिलती है।

कालहास्य (अर्कलिंग)

जादू मंत्रालय श्रेणीः XXXX

कालहास्य एक शरारती प्राणी है, जिसका जन्म जर्मनी में ब्लैक फ़ॉरेस्ट में हुआ। यह बौने से ज़्यादा बड़ा होता है (आम तौर पर तीन फुट लंबा)। इसका चेहरा नोकदार होता है। इसकी हँसी ऊँचे सुर की होती है, जो बच्चों के लिए ख़ास तौर पर सम्मोहक होती है। अपनी हँसी से लुभाकर यह बच्चों को अभिभावकों से दूर ले जाने की कोशिश करता है, ताकि यह उनका भक्षण कर सके। बहरहाल, जर्मनी के जादू मंत्रालय के कठोर नियंत्रण की वजह से पिछली कुछ सदियों

से कालहास्य के शिकारों की संख्या काफ़ी कम हो चुकी है। कालहास्य के अंतिम ज्ञात आक्रमण में इसने छह साल के जादूगर बच्चे ब्रूनो श्मिट पर हमला किया था और इसमें कालहास्य की जान चली गई थी, क्योंकि बच्चे ने अपने डैडी की सिमटने वाली कड़ाही इसके सिर पर कसकर दे मारी थी।

प्रस्फोटक (इरम्पेंट)

जादू मंत्रालय श्रेणीः XXXX

प्रस्फोटक बहुत शक्तिशाली, बड़ा और भूरा अफ़्रीकी जानवर है। इसका वज़न एक टन तक होता है और दूर से गेंडे जैसा लगता है। इसकी खाल मोटी होती है, जो ज़्यादातर सम्मोहनों और शापों को परे छिटक देती है। इसकी नाक पर एक बड़ा, पैना सींग होता है। पूँछ रस्सी की तरह लंबी होती है। मादा प्रस्फोटक एक बार में एक ही बच्चे को जन्म देती है।

प्रस्फोटक को जब तक बहुत उत्तेजित न किया जाए, तब तक यह हमला नहीं करता है, लेकिन जब करता है, तो परिणाम आम तौर पर विनाशकारी होते हैं। प्रस्फोटक के सींग त्वचा से लेकर धातु तक हर चीज़ को भेद सकते हैं। इनके भीतर एक घातक द्रव होता है, जो किसी भी वस्तु या व्यक्ति के भीतर पहुँचकर उसमें विस्फोट कर देता है।

प्रस्फोटकों की संख्या ज़्यादा नहीं होती, क्योंकि समागम के मौसम में नर आपस में एक–दूसरे में विस्फोट कर देते हैं। अफ़्रीकी जादूगर इनके साथ बड़ी सावधानी से पेश आते हैं। प्रस्फोटकों के सींग, पूँछ और विस्फोटक द्रव का इस्तेमाल काढ़ों में किया जाता है, हालाँकि उन्हें द्वितीय श्रेणी विक्रेय वस्तुओं के रूप में वर्गीकृत किया गया है (ख़तरनाक और कठोर नियंत्रण के अधीन)।

परी (फ़ेयरी)

जादू मंत्रालय श्रेणीः XX

परी छोटी और कम बुद्धि वाली सजावटी जीव है।[7] जादूगर अक्सर सजावट के लिए इसका इस्तेमाल या जादू से आह्वान करते हैं, लेकिन यह आम तौर पर जंगलों में रहती है। एक से पाँच इंच तक लंबी परी का शरीर, सिर और अंग इंसानों जैसे होते हैं, लेकिन इसके पंख किसी बड़े कीड़े जैसे होते हैं, जो पारदर्शी या बहुरंगी हो सकते हैं, जो इसके प्रकार पर निर्भर करता है।

परी का जादू कमज़ोर क़िस्म का होता है, जिसका इस्तेमाल यह ऑगरी जैसे हिंसक जीवों को रोकने के लिए करती है। यह लड़ाकू स्वभाव की और बहुत घमंडी होती है, लेकिन जब इससे सजावट का काम करने को कहा जाता है, तो यह हर बार विनम्र बन जाती है। इंसान जैसे हुलिये के बावजूद परी बोल नहीं सकती। यह बस ऊँचे सुर की भिनभिनाने वाली ध्वनि निकालती है, जिसके माध्यम से अपने साथियों से संवाद कर सकती है।

परी पत्तियों के निचले हिस्से पर एक बार में पचास अंडे तक देती है। अंडे बाद में चमकते रंग के लार्वा में बदल

---

7. परियाँ मगलुओं की बहुत बड़ी कमज़ोरी हैं, जो उनके बच्चों के लिए लिखी गई बहुत सारी कहानियों में शामिल होती हैं। इन 'परी कथाओं' में पंख वाली परियों का स्पष्ट व्यक्तित्व होता है और उनमें इंसानों की तरह बातचीत करने की योग्यता होती है (हालाँकि वे अक्सर बहुत ही भावुक अंदाज़ में बातचीत करती हैं)। मगलुओं के अनुसार परियाँ फूलों की पंखुड़ियों से बने छोटे घरों में रहती हैं। चित्र में उन्हें अक्सर छड़ी के साथ दिखाया जाता है। यह कहा जा सकता है कि सभी जादुई जानवरों में परी को सबसे अच्छी मगलू लोकप्रियता मिली है।

जाते हैं। छह से दस दिन के भीतर ये कोकून में बदल जाते हैं। इनसे एक महीने बाद पंखदार परी प्रकट होती है, जो पूर्णतः विकसित होती है।

अग्नि–कर्कट (फ़ायर क्रैब)

जादू मंत्रालय श्रेणीः XXX

नाम के बावजूद अग्नि–कर्कट का हुलिया काफ़ी हद तक भारी अलंकरण के खोल वाले बड़े कछुए से मिलता है। इसके मूल देश फ़िज़ी में इसके संरक्षण के लिए समुद्र तट के एक बड़े भाग को आरक्षित भूमि में बदल दिया गया है। ऐसा सिर्फ़ इन्हें मगलुओं से बचाने के लिए ही नहीं किया गया है, जो इसके मूल्यवान खोल के लालच में पड़ सकते हैं, बल्कि अनैतिक जादूगरों से बचाने के लिए भी किया गया है, जो इसके खोल का इस्तेमाल मूल्यवान कड़ाही के रूप में कर सकते हैं। बहरहाल, अग्नि–कर्कट का अपना ख़ुद का रक्षा तंत्र होता है : जब इस पर हमला किया जाता है, तो यह अपने पिछले सिरे से लपटें दागता है। अग्नि–कर्कट का निर्यात पालतू पशु के रूप में किया जाता है, लेकिन इसके लिए विशेष लाइसेंस की ज़रूरत होती है।

श्लेष्मक (फ़्लॉबरवर्म)

जादू मंत्रालय श्रेणीः X

श्लेष्मक नम खाइयों में रहता है। यह कीड़ा गाढ़ा भूरा होता है और लंबाई दस इंच तक हो सकती है। श्लेष्मक बहुत कम हिलता–डुलता है। इसके अगले और पिछले

सिरे में भेद नहीं किया जा सकता। दोनों से ही श्लेष्म उत्पन्न होता है, जिसके आधार पर इसका नाम रखा गया है। कई मर्तबा इसका इस्तेमाल काढ़े को गाढ़ा करने के लिए किया जाता है। श्लेष्मक का प्रिय आहार लेट्यूस या सलाद पत्ता है, हालाँकि यह किसी भी तरह की वनस्पति को खा लेता है।

क़लमपंछी (फ्वूपर)

जादू मंत्रालय श्रेणीः XXX

क़लमपंछी एक अफ़्रीकी पक्षी है, जिसके बहुत रंगीन पंख होते हैं; क़लमपंछी नारंगी, गुलाबी, चकोतरे जैसे हरे या पीले हो सकते हैं। क़लमपंछी काफ़ी लंबे समय से सुंदर क़लमें देते रहे हैं। इसके अंडे चमकदार होते हैं। हालाँकि इसका गीत शुरुआत में आनंददायक लगता है, लेकिन बाद में यह श्रोता को पागलपन[8] तक भी पहुँचा सकता है। इसी वजह से क़लमपंछी को मौन सम्मोहन करके बेचा जाता है, जिसे हर महीने दोबारा करना होता है। क़लमपंछी के मालिक को लाइसेंस लेना पड़ता है, क्योंकि इसे ज़िम्मेदारी से सँभालने की ज़रूरत होती है।

---

8. यूरिक द ऑडबॉल ने एक बार यह साबित करने की कोशिश की थी कि क़लमपंछी का गाना दरअसल स्वास्थ्य के लिए लाभकारी होता है और उन्होंने तीन महीने तक इसे बिना रुके सुना है। उन्होंने जादूगरों की जिस सभा में अपना निष्कर्ष बताया, उसने दुर्भाग्य से उनकी बात पर विश्वास नहीं किया, क्योंकि उस सभा में वे विग के सिवा कुछ भी पहनकर नहीं आए थे, जो ज़्यादा क़रीबी जाँच में मृत बिज्जू निकली।

गूल

जादू मंत्रालय श्रेणीः XX

गूल हालाँकि बदसूरत होता है, लेकिन ख़ास तौर पर ख़तरनाक नहीं होता है। यह थोड़े चिपचिपे, उभरे दाँतों वाले आदमख़ोर जैसा दिखता है। यह आम तौर पर जादूगरों की अटारियों या खलिहानों में पाया जाता है, जहाँ यह मकड़ियों और पतंगों को खाता है। यह कराहता रहता है और कभी–कभार चीज़ों को इधर–उधर फेंकता रहता है, लेकिन यह बहुत भोला होता है और चरम उत्तेजना में भी सामने वाले को डराने के लिए बस गुर्राने से ज़्यादा कुछ नहीं करता है। जादुई प्राणी नियमन एवं नियंत्रण विभाग में गूल कर्मी दल मौजूद है, जो मगलू हाथों में पहुँच गए घरों से गूलों को हटा देता है, लेकिन जादूगर परिवारों में गूल अक्सर हँसी–मज़ाक़ का विषय या पालतू जीव भी बन जाते हैं।

उदासकीट (ग्लमबम्बल)

जादू मंत्रालय श्रेणीः XXX

उदासकीट (उत्तरी यूरोप) भूरा, रोएँदार शरीर वाला और उड़ने वाला कीट है, जो उदास करने वाला शीरा उत्पन्न करता है। इस शीरे का इस्तेमाल एलिहॉट्सी पत्तियाँ खाने से उत्पन्न उन्माद को दूर करने के लिए विषनाशक के रूप में किया जाता है। यह मधुमक्खी के छत्तों को संक्रमित कर देता है, जिससे शहद पर विनाशकारी प्रभाव पड़ता है।

उदासकीट खोखले पेड़ों और गुफाओं जैसी अँधेरी व वीरान जगहों में रहते हैं। ये नेटल या बिछुआ खाते हैं।

बौना (नोम)

जादू मंत्रालय श्रेणीः XX

बौना बगीचे का साधारण विनाशकारी जीव है, जो पूरे उत्तरी यूरोप और उत्तरी अमेरिका में पाया जाता है। यह लंबाई में एक फुट तक पहुँच सकता है। इसका सिर अनुपात में काफ़ी बड़ा व सख़्त होता है और इसके पैर दुबले–पतले होते हैं। बगीचे से बाहर निकालने के लिए बौने को गोल–गोल घुमाना पड़ता है, जब तक कि इसका सिर चकरघिन्नी न हो जाए और फिर इसे बगीचे की दीवार के ऊपर से फेंक दिया जाता है। इस काम के लिए जार्वी का इस्तेमाल भी किया जा सकता है, हालाँकि आजकल कई जादूगर बौनों को भगाने के इस तरीक़े को बहुत क्रूर मानते हैं।

तीक्ष्णसिंगा (ग्रैपहॉर्न)

जादू मंत्रालय श्रेणीः XXXX

तीक्ष्णसिंगा यूरोप के पर्वतीय इलाक़ों में पाया जाता है। यह बड़ा और भूरा–बैंगनी होता है। इसकी पीठ पर कूबड़ होती है। इसके दो बहुत लंबे और पैने सींग होते हैं। यह चार अँगूठे वाले बड़े पैरों पर चलता है और इसका स्वभाव बहुत आक्रामक होता है। पर्वतीय दैत्यों को कभी–कभार तीक्ष्णसिंगा पर सवारी करते हुए देखा जा सकता है, हालाँकि तीक्ष्णसिंगा को पालतू बनाने की उनकी यह कोशिश पसंद नहीं आती है। इस कारण दैत्यों के शरीर पर तीक्ष्णसिंगा के ढेर सारे गहरे घाव देखना बहुत

आम बात है। तीक्ष्णसिंगा के सींग के चूर्ण का इस्तेमाल कई काढ़ों में किया जाता है, हालाँकि इसे हासिल करने में जितनी मुश्किल आती है, उसकी वजह से इसका दाम बहुत महँगा होता है। तीक्ष्णसिंगा की खाल ड्रैगन की खाल से भी ज़्यादा सख़्त होती है और इस पर ज़्यादातर मंत्र असर नहीं करते हैं।

गरुड़–सिंह (ग्रिफ़िन)

जादू मंत्रालय श्रेणी: XXXX

गरुड़–सिंह का उद्‌गम यूनान में हुआ था। इसके सामने वाले पैर व सिर किसी विशाल गरुड़ जैसे होते हैं, जबकि शरीर और पिछले पैर सिंह जैसे होते हैं। जादूगर स्फ़िंक्स की तरह (नीचे देखें) ही गरुड़–सिंह का इस्तेमाल भी अक्सर ख़ज़ानों की रक्षा के लिए करते हैं। हालाँकि गरुड़–सिंह ख़ूँखार होते हैं, लेकिन गिने–चुने माहिर जादूगर गरुड़–सिंह से मित्रता करने में कामयाब हो जाते हैं। गरुड़–सिंह कच्चा गोश्त खाता है।

जलशैतान (ग्रिंडिलो)

जादू मंत्रालय श्रेणी: XX

सींगदार, हल्का–हरा जलशैतान पूरे ब्रिटेन और आयरलैंड की झीलों में पाया जाता है। यह छोटी मछलियों का भक्षण करता है। यह जादूगरों तथा मगलुओं दोनों के प्रति आक्रामक होता है, हालाँकि जलमानुष इसे पालतू बनाने के लिए विख्यात हैं। ग्रिंडिलो की अँगुलियाँ बहुत लंबी–लंबी होती हैं, जिनकी पकड़ काफ़ी सख़्त होती है, लेकिन उन्हें तोड़ना आसान होता है।

छिपेला (हाइडबिहाइंड)

जादू मंत्रालय श्रेणीः XXXX

छिपेला संयोगवश उत्पन्न प्रजाति है, जो उत्तर अमेरिका में आयात हुई है। इसे आयात करने वाला इंग्लैंड का बदमाश फ़िनीज़ फ़्लेचर था। फ़्लेचर प्रतिबंधित वस्तुओं और प्राणियों का व्यापार करता था। वह अदृश्य चोगे बनाने के लिए अमेरिका में डेमिगाइस या स्वाँगधारी का आयात करना चाहता था। लेकिन रास्ते में जहाज़ में स्वाँगधारी उसके चंगुल से भाग निकली और छिपकर यात्रा करने वाले एक गूल के साथ समागम कर बैठी। उससे उत्पन्न संतान मैसेश्यूसेट्स के जंगलों में पहुँच गई, जब फ़िनीज़ का जहाज़ वहाँ पहुँचा और इसके वंशज आज भी उस इलाक़े में संक्रमण फैला रहे हैं। छिपेला निशाचर होता है और इसके पास अदृश्यता की शक्ति होती है। इसे देखने वालों के अनुसार यह दुबले भालू जैसा लंबे, सफ़ेद बालों वाला जीव है। इसका प्रिय भोजन इंसान है। जादुई–जंतु–वैज्ञानिकों का मानना है कि यह इन दुर्भाग्यशाली प्राणियों के प्रति फ़िनीज़ फ़्लेचर की क्रूरता का ही परिणाम है।

अश्वमीन (हिप्पोकैम्पस)

जादू मंत्रालय श्रेणीः XXX

यूनान में उत्पन्न अश्वमीन का सिर और आगे के पैर घोड़े जैसे होते हैं। पूँछ और पिछले पैर बहुत बड़ी मछली जैसे

होते हैं। हालाँकि यह प्रजाति आम तौर पर भूमध्यसागर में पाई जाती है, लेकिन 1949 में जलमानुषों ने स्कॉटलैंड के तट पर एक शानदार नीला अश्वमीन पकड़ा था और बाद में उसे पालतू बनाया था। मादा अश्वमीन बड़े, अर्ध–पारदर्शी अंडे देती है, जिसके अंदर के बच्चे को देखा जा सकता है।

गरुड़अश्व (हिप्पोग्रिफ़)

जादू मंत्रालय श्रेणीः XXX

गरुड़अश्व यूरोप का बाशिंदा है, हालाँकि अब यह पूरे संसार में पाया जाता है। इसका सिर विशाल गरुड़ जैसा होता है और शरीर अश्व का। इसे पालतू बनाया जा सकता है, हालाँकि सिर्फ़ विशेषज्ञों को ही इसकी कोशिश करनी चाहिए। गरुड़अश्व के नज़दीक जाते समय आँखों का संपर्क क़ायम रखना चाहिए। इसके सामने सिर झुकाना अच्छे इरादों का संकेत है। यदि गरुड़अश्व भी सिर झुका दे, तो उसके क़रीब जाना सुरक्षित होता है।

गरुड़अश्व कीड़े–मकोड़ों के बिल खोदता है, लेकिन पक्षियों तथा छोटे स्तनपायी जीवों को भी खा लेता है। मादा गरुड़अश्व ज़मीन पर घोंसला बनाती है, जिसमें यह एक बड़ा और नाज़ुक अंडा देती है। इसमें से चौबीस घंटे के भीतर चूज़ा निकल आता है। पंखदार गरुड़अश्व एक सप्ताह में ही उड़ने को तैयार हो जाता है, हालाँकि अपने अभिभावकों के साथ ज़्यादा लंबी उड़ान पर जाने में इसे कुछ महीने लग जाते हैं।

जागृति–कुकुर (होडाग)

जादू मंत्रालय श्रेणीः XXX

सींगदार जागृति–कुकुर लाल चमकती आँखों और बड़े दाँतों वाला होता है। इसका डील–डौल किसी बड़े कुत्ते जैसा होता है। जागृति–कुकुर का जादू काफ़ी हद तक इसके सींगों में होता है, जिसका चूर्ण शराब के प्रभाव से इंसान की रक्षा करता है। इस चूर्ण की बदौलत इंसान सात दिन और सात रात तक बिना नींद के रह सकता है। स्नैलीगैस्टर की तरह ही जागृति–कुकुर भी ऐसा उत्तरी अमेरिकी प्राणी है, जिसकी अजीबोग़रीब हरकतों ने मगलुओं में काफ़ी दिलचस्पी और जिज्ञासा जगाई है। यह काफ़ी हद तक चंद्रशावकों का भक्षण करता है और इस वजह से रात को मगलू खेतों के चक्कर लगाता है। मैक्यूसा के मिथ्याप्रचार विभाग ने मगलुओं को यह विश्वास दिलाने के लिए काफ़ी सफलतापूर्वक काम किया है कि जागृति–कुकुर का दिखना भ्रम है। अब यह काफ़ी हद तक विस्कॉन्सिन के नज़दीकी संरक्षित क्षेत्र तक ही सीमित है।

कठोरकेशी (हॉर्कलम्प)

जादू मंत्रालय श्रेणीः X

कठोरकेशी स्कैंडिनेविया से आया है, लेकिन यह पूरे उत्तरी यूरोप में व्यापकता से फैला हुआ है। यह कम घने, तार जैसे काले व कठोर बालों से ढँके किसी मांसल, गुलाबी मशरूम जैसा होता है। कठोरकेशी की प्रजनन गति बहुत

विलक्षण होती है, जिस वजह से यह चंद दिनों के भीतर ही सामान्य बगीचे को ढँक लेता है। केंचुओं का भोजन इसे प्रिय है और इसके लिए यह जड़ों के बजाय अपने मज़बूत तंतु फैलाता है। कठोरकेशी बौनों का प्रिय व्यंजन है, लेकिन इसके अलावा इसका कोई स्पष्ट उपयोग नहीं है।

शृँगी सर्प (हॉर्न्ड सर्पेन्ट)

जादू मंत्रालय श्रेणीः XXXXX

संसार में शृँगी सर्पों की कई प्रजातियाँ हैं : सुदूर पूर्व में इसके बड़े नमूने पाए गए हैं, जबकि प्राचीन पशु–पुस्तकों से पता चलता है कि शृँगी सर्प कभी पश्चिम यूरोप के निवासी थे, जहाँ काढ़े की सामग्री की खोज में जादूगरों ने उनका

शिकार करके उन्हें विलुप्त कर दिया। वर्तमान में शृँगी सर्पों का सबसे बड़ा और विविधतापूर्ण समूह उत्तरी अमेरिका में पाया जाता है। इसमें सबसे मशहूर और मूल्यवान सर्प के माथे पर एक रत्न होता है, जिसके बारे में माना जाता है कि यह अदृश्यता और उड़ने की शक्ति देता है। इल्वरमॉर्नी जादूगरी व तंत्र विद्यालय के संस्थापक आइसॉल्ट सेयर और शृँगी सर्प के बारे में एक किंवदंती है। कहा जाता है कि सेयर शृँगी सर्प की भाषा समझते थे, जिसने उन्हें अमेरिका की पहली छड़ी के मूल तत्व के लिए अपने सींग की छीलन दी थी। शृँगी सर्प इल्वरमॉर्नी ने अपने एक हाउस का नाम शृँगी सर्प रखा है।

नटखट (इम्प)

जादू मंत्रालय श्रेणीः XX

नटखट या इम्प सिर्फ़ ब्रिटेन और आयरलैंड में पाए जाते हैं। इसमें और नन्हे पिशाच में कई बार ग़लतफ़हमी हो जाती है। दोनों की लंबाई समान होती है (छह से आठ इंच के बीच), लेकिन नटखट उड़ नहीं सकता, जबकि नन्हा पिशाच उड़ सकता है। नन्हे पिशाच के विपरीत नटखट रंगीन भी नहीं होता है (नटखट आम तौर पर गहरे भूरे से काले रंग का होता है)। समानता यह होती है कि नटखट में भी नन्हे पिशाच

जैसा ही हँसी–मज़ाक़ का मिज़ाज होता है। सीलन भरे और कीचड़दार इलाक़े इसे विशेष प्रिय हैं। नटखट अक्सर नदी किनारे पाया जाता है, जहाँ यह असावधान लोगों को धक्का देकर पानी में गिरा देता है और ख़ुश होता है। नटखट छोटे कीड़े–मकोड़ों को खाता है और इसकी प्रजनन की आदतें काफ़ी हद तक परियों जैसी होती हैं, हालाँकि नटखट कोकून नहीं बनाते हैं; बच्चे पूरी तरह बनकर निकलते हैं, जिनकी लंबाई लगभग एक इंच होती है।

जार्वी

जादू मंत्रालय श्रेणीः XXX

जार्वी ब्रिटेन, आयरलैंड और उत्तर अमेरिका में पाया जाता है। ज़्यादातर मामलों में यह किसी अति विकसित गंधबिलाव जैसा होता है, अंतर बस इतना है कि यह बोल सकता है। बहरहाल, असल की बातचीत जार्वी की बुद्धि से परे होती है और यह लगभग सतत प्रवाह में संक्षिप्त (और अक्सर बदतमीज़ी भरे) वाक्यांशों तक ही सीमित रहता है। जार्वी ज़्यादातर मामलों में ज़मीन से नीचे रहते हैं, जहाँ वे बौनों

का पीछा करते हैं, हालाँकि वे छछूँदर, चूहे और मूस को भी खा लेते हैं।

मूकपरिंदा (जॉबरनॉल)

जादू मंत्रालय श्रेणीः XX

मूकपरिंदा (उत्तर यूरोप और अमेरिका) छोटे कीड़े खाने वाला छोटा नीला, छींटदार पक्षी होता है। यह अपनी मृत्यु तक कोई आवाज़ नहीं निकालता, लेकिन मरते वक़्त इसके मुँह से एक लंबी चीख़ निकलती है, जिसमें इसकी सुनी हुई सारी ध्वनियाँ होती हैं और ये ध्वनियाँ अंत से प्रारंभ की ओर चलती हैं। मूकपरिंदे के पंखों का इस्तेमाल सत्य द्रव और स्मृति काढ़ों में किया जाता है।

जलराक्षस (काप्पा)

जादू मंत्रालय श्रेणीः XXXX

जलराक्षस जापानी जलचर असुर है, जो उथले तालाबों और नदियों में रहता है। अक्सर इसमें रोएँ नहीं होते। इसके बजाय यह मछली की पपड़ी वाले बंदर जैसा होता है। इसके सिर के सबसे ऊपर एक खोखला हिस्सा होता है, जिसमें पानी भरा होता है।

जलराक्षस मानव रक्त पर पलता है, लेकिन यह उस व्यक्ति को नुक़सान नहीं पहुँचाता, जिसका नाम किसी ककड़ी पर उकेरकर वह ककड़ी इसके सामने फेंक दी जाए। मुक़ाबला होने पर जादूगर को चालाकी से जलराक्षस को सिर झुकाने के लिए मजबूर करना चाहिए – सिर झुकाते ही इसके सिर के खोखले हिस्से का पानी बह जाएगा, जिससे इसकी सारी शक्ति चली जाएगी।

अश्वप्रेत (केल्पी)

जादू मंत्रालय श्रेणीः XXXX

यह ब्रिटिश और आइरिश जलचर राक्षस कई रूप बदल सकता है, हालाँकि यह सबसे ज़्यादा घोड़े के रूप में दिखता है, जिसमें अयाल की जगह नरकट होते हैं। यह असावधान लोगों को अपनी पीठ पर सवार होने के लिए ललचाता है और इसके बाद सीधे नदी या झील की तलहटी में गोता लगा जाता है, जहाँ यह सवार को खा लेता है और अंतड़ियों को सतह पर तैरने देता है। अश्वप्रेत

से जीतने का सही तरीक़ा स्थापितो सम्मोहन से इसके सिर के ऊपर एक लगाम डालना है, जिससे यह आज्ञा के अधीन हो जाता है और जोखिमरहित बन जाता है।

संसार का सबसे बड़ा अश्वप्रेत लॉक नेस, स्कॉटलैंड में पाया जाता है। इसका प्रिय रूप समुद्री सर्प (नीचे देखें) का होता है। अंतरराष्ट्रीय जादूगर महासंघ के अवलोकनकर्ताओं को इसके सच्चे सर्प न होने का पता तब चला, जब मगलू जाँचकर्ताओं के दल ने इसे एक ऊदबिलाव में बदलते देखा और समुद्री तट साफ़ होने पर दोबारा रूप बदलकर सर्प बनते देखा।

नार्ल

जादू मंत्रालय श्रेणीः XXX

मगलू आम तौर पर ग़लती से नार्ल (उत्तरी यूरोप और अमेरिका) को साही मान लेते हैं। इन दोनों में सचमुच फ़र्क़ करना संभव नहीं है। इनमें व्यवहारगत बस एक ही महत्वपूर्ण फ़र्क़ होता है : अगर बगीचे में साही के लिए भोजन छोड़ दिया जाए, तो यह उपहार को स्वीकार कर लेगा और इसका आनंद लेगा; दूसरी तरफ़ अगर नार्ल के लिए भोजन छोड़ा जाए, तो यह शक करेगा कि घर का मालिक इसे जाल में फँसाने के लिए प्रलोभन दे रहा है और रोष में आकर यह उस बगीचे के पौधों या अलंकरणों को वहशी ढंग से तहस–नहस कर देगा। कई मगलू

बच्चों पर तोड़फोड़ का आरोप लगाया गया है, जबकि वास्तविक अपराधी वह नार्ल था, जिसका गुस्सा भड़क गया था।

राहखोजी (नीज़ल)

जादू मंत्रालय श्रेणीः XXX

राहखोजी मूलतः ब्रिटेन में पैदा हुआ था, लेकिन अब इसका पूरे संसार में निर्यात होता है। यह बिल्ली जैसा छोटा प्राणी होता है, जिसके बाल पपड़ीदार, चितकबरे या छींटदार होते हैं। इसके कान बड़े होते हैं और पूँछ शेर जैसी होती है। राहखोजी बुद्धिमान, आत्मनिर्भर और कभी–कभार आक्रामक होता है, लेकिन अगर कोई जादूगर या जादूगरनी इसे पसंद आ जाए, तो यह बेहतरीन पालतू पशु बन जाता है। राहखोजी में अनैतिक या संदिग्ध चरित्र वाले लोगों को भाँपने की विलक्षण योग्यता होती है और अगर इसका मालिक कहीं रास्ता भटक जाए, तो मार्गदर्शन करने के लिए इस पर भरोसा किया जा सकता है। मादा राहखोजी एक बार में आठ बच्चों को जन्म देती है। राहखोजी बिल्ली प्रजाति के साथ आपस में प्रजनन कर सकते हैं। इसका मालिक बनने के लिए लाइसेंस की ज़रूरत होती है, क्योंकि कंटक–पुच्छ और क़लमपंछी की तरह ही राहखोजी का हुलिया भी सामान्य से अलग हटकर होता है, जिससे मगलुओं की दिलचस्पी जाग सकती है।

माया–स्वर्ण (लेप्रिशॉन)

(कई बार क्लॉरिकॉर्न भी कहा जाता है)

जादू मंत्रालय श्रेणीः XXX

माया–स्वर्ण परी से ज़्यादा बुद्धिमान होता है। यह नटखट, नन्हे पिशाच या डॉक्सी से कम दुर्भावनापूर्ण होता है, लेकिन शरारती स्वभाव का होता है। यह सिर्फ़ आयरलैंड में पाया जाता है, इसका क़द छह इंच तक होता है और यह हरे रंग का होता है। 'छोटे लोगों' में सिर्फ़ माया–स्वर्ण ही बोल सकता है, लेकिन इसने कभी 'अस्तित्वधारी' के रूप में ख़ुद को दोबारा वर्गीकृत करने का आग्रह नहीं किया। मादा माया–स्वर्ण बच्चों को जन्म देती है। ये ज़्यादातर जंगली इलाक़ों व वनप्रदेशों में रहते हैं, हालाँकि इन्हें मगलुओं का ध्यान आकर्षित करने में मज़ा आता है, जिस वजह से बाल–साहित्य में माया–स्वर्ण भी परी जितना ही लोकप्रिय है। माया–स्वर्ण असली सोने जैसा दिखने वाला तत्व उत्पन्न करता है, जो कुछ ही घंटों में ग़ायब हो जाता है, जिससे इसे बड़ा मज़ा आता है। ये पत्तियाँ खाते हैं और शरारती प्रतिष्ठा के बावजूद उन्होंने किसी इंसान को कभी कोई स्थायी नुक़सान नहीं पहुँचाया है।

मृत्युछाया (लेथिफ़ोल्ड)

(जीवित कफ़न के नाम से भी मशहूर)

जादू मंत्रालय श्रेणीः XXXXX

सौभाग्य से मृत्युछाया बहुत दुर्लभ प्राणी है, जो केवल उष्णकटिबंधी जलवायु में पाई जाती है। यह काले चोगे जैसी होती है, जो शायद आधा इंच मोटी (अगर इसने हाल ही में किसी शिकार को पचाया है, तो ज़्यादा मोटी) होती है। यह रात को ज़मीन पर गुपचुप तरीक़े से सरकती है। मृत्युछाया का सबसे पुराना लिखित वर्णन जादूगर फ़्लेवियस बेल्बी ने लिखा है, जो 1782 में पापुआ न्यू गिनी में छुट्टियाँ मनाते वक़्त मृत्युछाया के हमले से सौभाग्यवश बाल–बाल बचे थे।

रात के लगभग एक बजे आख़िरकार मुझे नींद आने लगी थी। तभी मैंने क़रीब ही एक हल्की सरसराहट सुनी। मुझे लगा कि यह बाहर पेड़ की पत्तियों की सरसराहट होगी। मैंने बिस्तर पर करवट बदली और खिड़की की तरफ़ पीठ कर ली। मुझे अपने बेडरूम के दरवाज़े के नीचे से अंदर खिसकती एक निराकार काली छाया नज़र आई। मैं स्थिर लेटा रहा और उनींदी अवस्था में यह अंदाज़ा लगाता रहा कि सिर्फ़ चाँद की रोशनी में ऐसी छाया किसकी हो सकती है। बेशक मेरी स्थिरता से मृत्युछाया ने यह मान लिया था कि इसका भावी शिकार सो रहा है।

मैं दहशत में तब आया, जब वह छाया रेंगकर बिस्तर तक आ गई और मुझे अपने शरीर पर इसका हल्का वज़न महसूस हुआ। जब यह मेरी तरफ़ सरकती हुई आई, तो यह लहरदार काली लबादे जैसी दिख रही थी और इसके कोने हल्के से फड़फड़ा रहे थे। डर से पंगु होकर मैंने अपनी ठुड्डी पर इसका गिलगिला स्पर्श महसूस किया और मैं तुरंत उठकर सीधा बैठ गया।

इस चीज़ ने मेरा दम घोंटने की कोशिश की। यह मेरे चेहरे, मुँह और नथुनों को लपेटने

लगी। मैं जूझता रहा, हालाँकि मैं महसूस कर रहा था कि यह ठंडी चीज़ मुझे लगातार अपने शिकंजे में कसती जा रही है।

मैं सहायता के लिए नहीं चिल्ला सकता था, इसलिए मैंने अपनी छड़ी टटोली। अब तक मुझे चक्कर आने लगे थे, क्योंकि उस चीज़ ने मेरे चेहरे को सीलबंद कर दिया था, जिस वजह से मैं साँस नहीं ले पा रहा था। मैंने अपनी सारी ताक़त स्तब्धीकरण सम्मोहन में लगा दी, लेकिन वह जीव क़ाबू में नहीं आया। बस इससे मेरे बेडरूम के दरवाज़े में एक छेद हो गया। हताश

होकर मैंने बाधितो मंत्र का इस्तेमाल किया, लेकिन उससे भी कोई फ़ायदा नहीं हुआ। पागलों की तरह जूझते हुए मैं बग़ल में लुढ़ककर धम्म से फ़र्श पर गिर पड़ा। अब मैं पूरी तरह से मृत्युछाया के शिकंजे में फँसा हुआ था।

मैं जानता था कि दम घुटने के कारण मैं होशोहवास खोने ही वाला हूँ। हताशा में मैंने अपनी ऊर्जा के आख़िरी भंडार को बटोरा। मैंने अपनी छड़ी से उस जीव के घातक शिकंजे की तरफ़ इशारा करते हुए उस दिन की स्मृति का आह्वान किया, जब मुझे स्थानीय गॉबस्टोन्स क्लब का प्रेसिडेंट बनाया गया था और फिर मैंने पितृदेव सम्मोहन का इस्तेमाल किया।

लगभग तुरंत ही मुझे अपने चेहरे पर ताज़ी हवा महसूस हुई। मैंने ऊपर देखा कि मेरे पितृदेव ने अपने सींगों से उस घातक छाया को हवा में उछाल दिया था। वह कमरे के पार उड़ गई और तेज़ी से सरककर ओझल हो गई।

जैसा बेल्बी इतने नाटकीय तरीक़े से उजागर करते हैं, पितृदेव मृत्युछाया से छुटकारा पाने का एकमात्र ज्ञात मंत्र है। चूँकि यह आम तौर पर लोगों पर नींद में हमला करती है, इसलिए इसके शिकार को इसके ख़िलाफ़ किसी तरह के जादू का इस्तेमाल करने का मौक़ा ही नहीं मिल पाता

है। एक बार जब शिकार का दम घुट जाता है, तो मृत्युछाया अपना भोजन वहीं उसके बिस्तर पर पचाती है। फिर यह पहले से थोड़ी ज़्यादा मोटी होकर घर से निकल जाती है और इसका या इसके शिकार का कोई नामोनिशान पीछे नहीं छूटता है।[9]

विषंभर (लोबालग)

जादू मंत्रालय श्रेणीः XXX

विषंभर उत्तर सागर की तलहटी में पाया जाता है। यह एक भोला प्राणी है, जो दस इंच लंबा होता है। इसके शरीर में रबड़ जैसी टोंटी और ज़हर की थैली होती है। जोखिम आने पर विषंभर ज़हर की थैली को सिकोड़ लेता है और हमलावर पर ज़हर का विस्फोट कर देता है। जलमानुष विषंभर का इस्तेमाल हथियार के रूप में करते हैं और जादूगर इसके विष का इस्तेमाल काढ़ों में करते हैं, हालाँकि इस काम पर अब कठोर नियंत्रण किया जाता है।

---

9. मृत्युछाया के शिकारों की संख्या का हिसाब लगाना लगभग असंभव है, क्योंकि यह अपने पीछे अपनी मौजूदगी का कोई सुराग़ नहीं छोड़ती है। इससे आसान तो उन जादूगरों की संख्या का जोड़ लगा लेना है, जिन्होंने अपने अनैतिक उद्देश्यों से मृत्युछाया द्वारा मारे जाने का नाटक किया था। ऐसे छल–कपट का सबसे ताज़ा उदाहरण 1973 में सामने आया, जब जादूगर जैनस थिकी ग़ायब हो गए। उन्होंने पलंग के पास की टेबल पर जल्दबाज़ी में लिखी एक लाइन छोड़ी थी, 'ओह नहीं, एक मृत्युछाया ने मुझे जकड़ लिया है, मेरा दम घुट रहा है।' बेदाग़ और ख़ाली पलंग देखकर लोगों को यह विश्वास हो गया कि मृत्युछाया ने जैनस को सचमुच मार डाला था। इसके बाद उसकी पत्नी और बच्चे भारी शोक मनाने लगे, जिसमें तब व्यवधान पड़ा, जब यह पाया गया कि जैनस पाँच मील दूर ग्रीन ड्रैगन की मालकिन के साथ रह रहे हैं।

भागफूटे (मैक्लेड मैलाक्लॉ)

जादू मंत्रालय श्रेणीः XXX

भागफूटे ज़मीन पर रहने वाला जीव है, जो ज़्यादातर यूरोप के चट्टानी तटों पर यहाँ–वहाँ पाया जाता है। केंकड़े जैसा दिखने के बावजूद इसे किसी सूरत में नहीं खाना चाहिए, क्योंकि इसका गोश्त मानव भक्षण के लिहाज़ से सही नहीं है और इससे बहुत तेज़ बुखार आ सकता है तथा बुरे हरे फफोले पड़ सकते हैं।

भागफूटे की लंबाई बारह इंच तक हो सकती है और यह हल्का भूरा होता है, जिसके शरीर पर गहरे हरे धब्बे होते हैं। यह कड़े खोल वाले छोटे जानवर खाता है और ज़्यादा बड़े शिकार से जूझने की कोशिश करता है। भागफूटे के काटने का एक असामान्य प्रभाव भी होता है। इसके काटने के बाद ज़ख्मी शिकार एक सप्ताह तक बहुत बदक़िस्मत बन जाता है। यदि आपको भागफूटे ने काट लिया है, तो सारी शर्तें, दाँव, जुआ–सट्टा और निवेश के काम रद्द कर दें, क्योंकि उनका आपके ख़िलाफ़ जाना तय है।

ध्वनिमारक (मैन्टिकोर)

जादू मंत्रालय श्रेणीः XXXXX

ध्वनिमारक बहुत ख़तरनाक यूनानी जानवर है, जिसका सिर इंसान का, शरीर शेर का और पूँछ वृश्चिक की होती है।

यह ज्वाला–सिंह जितना ही ख़तरनाक और दुर्लभ होता है। ध्वनिमारक के बारे में यह मशहूर है कि अपने शिकार को खाते वक़्त धीरे–धीरे गुनगुनाता है। ध्वनिमारक की त्वचा पर लगभग किसी भी ज्ञात मंत्र का असर नहीं होता और इसका डंक तुरंत जान ले लेता है।

जलमानुष (मरपीपुल)

(इन्हें जलपरी, सेल्की, मेरो भी कहा जाता है)

जादू मंत्रालय श्रेणीः XXXX[10]

जलमानुष पूरे संसार में रहते हैं, हालाँकि उनका हुलिया भी इंसानों की तरह ही एक–दूसरे से अलग होता है। उनकी आदतें और परंपराएँ सेनटॉर जितनी रहस्यमय होती हैं, हालाँकि जलभाषा में महारत हासिल करने वाले जादूगरों ने उनके बेहद व्यवस्थित समुदायों के बारे में बताया है, जिनका आकार इलाक़े के अनुसार अलग–अलग होता है और कुछ ने तो काफ़ी बड़ी बस्तियाँ भी बना ली हैं। सेनटॉर की तरह ही जलमानुषों ने भी 'अस्तित्वधारी' के बजाय 'जानवर' दर्जा चुना है (देखें प्रस्तावना)।

सबसे पुराने दर्ज जलमानुषों को यूनान में जलपरी नाम से जाना जाता था। ज़्यादा गर्म पानी में हमें वे सुंदर जलपरियाँ मिलती हैं, जिनके चित्र मगलू साहित्य और चित्रकला में बहुत ज़्यादा बनाए गए हैं। स्कॉटलैंड की सेल्की और आयरलैंड की मेरो कम सुंदर होती हैं, लेकिन

---

10. श्रेणीकरण संबंधी सेनटॉर का फुटनोट देखें।

इन सभी में संगीत के प्रति अनुराग होता है, जो सभी जलमानुषों का आम गुण है।

छुईमुई (मोक)

जादू मंत्रालय श्रेणीः XXX

छुईमुई एक सफ़ेद–हरी छिपकली है, जिसकी लंबाई दस इंच तक पहुँच जाती है। यह पूरे ब्रिटेन और आयरलैंड में पाई जाती है। इसमें मनमाफ़िक सिकुड़ने की क्षमता होती है, जिस वजह से यह मगलुओं को आज तक नज़र नहीं आई है।

छुईमुई की खाल को जादूगर बहुत मूल्यवान मानते हैं, क्योंकि इससे बनने वाले पर्स किसी अजनबी के पास आते ही उसी तरह सिकुड़ जाते हैं, जिस तरह छुईमुई संकुचित हो जाती थी। इस वजह से छुईमुई की खाल वाले पर्स का ठिकाना खोजना चोरों के लिए बहुत मुश्किल होता है।

चंद्रशावक (मूनकाफ़)

जादू मंत्रालय श्रेणीः XX

चंद्रशावक बहुत शर्मीला प्राणी है, जो सिर्फ़ पूर्णमासी की रात को ही अपने बिल से निकलता है। इसका शरीर चिकना और हल्का भूरा होता है। इसके सिर के ऊपर बाहर निकलती गोल आँखें होती हैं और इसके चार पतले पैर होते हैं, जिनके पंजे काफ़ी बड़े तथा समतल होते हैं। चंद्रशावक चाँदनी रात के दौरान वीरान इलाक़ों में अपने पिछले पैरों पर जटिल नृत्य करते हैं। माना जाता है कि

ये संगम की प्रत्याशा में किए जाते हैं (ये अक्सर गेहूँ के खेतों में अपने पीछे जटिल आकृतियाँ छोड़ जाते हैं, जिन्हें देखकर मगलू भारी अचरज में पड़ जाते हैं)।

मगलुओं को चाँदनी में नाचते देखना बड़ा ही सम्मोहक अनुभव होता है। यह लाभकारी भी हो सकता है, क्योंकि अगर सूरज उगने से पहले उनका सफ़ेद गोबर इकट्ठा कर जादुई वनस्पति और फूलों की क्यारियों में फैला दिया जाए, तो पौधे बहुत तेज़ी से उगेंगे और बहुत मज़बूत भी होंगे। चंद्रशावक पूरे संसार में पाए जाते हैं।

मर्टलेप

जादू मंत्रालय श्रेणीः XXX

मर्टलेप चूहे जैसा प्राणी होता है, जो ब्रिटेन के तटीय क्षेत्रों में पाया जाता है। इसकी पीठ पर एक उभार होता है, जो समुद्री रत्नज्योति जैसा होता है। मर्टलेप के उभारों का अचार खाने से शापों और नकारात्मक मंत्रों का असर नहीं होता है, हालाँकि बहुत ज़्यादा खाने से कान के बाल भद्दे बैंगनी रंग के हो सकते हैं। मर्टलेप कड़े खोल वाले जानवरों को खाते हैं और जो भी उन पर चढ़ने की मूर्खता करता है, उसके पैर भी कुतर लेते हैं।

स्वर्णखोजी (निफ़लर)

जादू मंत्रालय श्रेणीः XXX

स्वर्णखोजी एक ब्रिटिश जानवर है। यह रोएँदार, काला और लंबी थूथन वाला प्राणी बिल में रहता है। यह हर चमकती वस्तु के प्रति आकर्षित होता है। अक्सर पिशाच स्वर्णखोजी को अपने पास रखते हैं, ताकि उनसे ख़ज़ाना खोजने के लिए धरती के नीचे गहरी खुदाई कराई जा सके। हालाँकि स्वर्णखोजी विनम्र और स्नेहिल भी होता है, लेकिन यह चीज़ों को

तहस–नहस कर देता है, इसलिए इसे कभी किसी घर में नहीं पालना चाहिए। स्वर्णखोजी सतह से बीस फुट नीचे तक के बिलों में रहते हैं और एक बार में छह से आठ बच्चे देते हैं।

घेंटुला (नॉगटेल)

जादू मंत्रालय श्रेणी: XXX

घेंटुला यूरोप, रूस और अमेरिका के ग्रामीण अंचलों में पाया जाने वाला असुर है। लंबे पैर, कड़े बालों वाली मोटी पूँछ और छोटी–छोटी काली आँखों वाला घेंटुला नाटे क़द की सुअर–संतान जैसा दिखता है। यह सुअरों के बाड़े में घुस जाता है और सामान्य मादा सुअर के बच्चों के साथ उसका दूध पीता रहता है। इसे पकड़ने में जितनी ज़्यादा देर होती है और यह जितना ज़्यादा बड़ा होता है, उस खेत पर उतना ही लंबा अभिशाप होता है, जिसमें यह दाख़िल हुआ है।

घेंटुला की रफ़्तार बहुत तेज़ होती है और इसे पकड़ना मुश्किल होता है, लेकिन अगर कोई बिलकुल सफ़ेद कुत्ता इसे किसी खेत की सीमाओं से खदेड़ दे, तो यह दोबारा वहाँ कभी नहीं लौटता है। इसी वजह से जादुई प्राणी नियमन एवं नियंत्रण विभाग (विनाशकारी कीट उप–विभाग) ने एक दर्जन एल्बिनो शिकारी कुत्ते रखे हुए हैं।

नुंडू

जादू मंत्रालय श्रेणीः XXXXX

पूर्व अफ़्रीका का यह जानवर संभवतः संसार का सबसे ख़तरनाक जानवर है। यह दैत्याकार तेंदुआ अपने भीमकाय आकार के बावजूद बिलकुल ख़ामोशी से चलता है और इसकी साँस इतनी संक्रामक बीमारी फैला देती है कि पूरे गाँव मिट जाते हैं। इसे तब तक कभी क़ाबू में नहीं किया जा सकता, जब तक कि सौ योग्य जादूगर मिलकर काम न करें।

सर्पपक्षी (ओकेमी)

जादू मंत्रालय श्रेणीः XXXX

सर्पपक्षी सुदूर पूर्व और भारत में पाया जाता है। यह दो पैरों वाला पंखदार प्राणी होता है, जिसका साँप जैसा शरीर होता है। सर्पपक्षी की लंबाई पंद्रह फुट तक हो सकती है। चूहे और पक्षी इसका मुख्य आहार हैं, लेकिन यह कई बार बंदरों को भी उठाकर ले जाता है। सर्पपक्षी अपने क़रीब आने वाले सभी लोगों तथा जानवरों के प्रति आक्रामक होता है, ख़ास तौर पर अपने अंडों की रक्षा करते समय, जिनके खोल सबसे शुद्ध, सबसे नर्म चाँदी के होते हैं।

मायापंछी (फ़ीनिक्स)

जादू मंत्रालय श्रेणीः XXXX[11]

मायापंछी हंस के आकार का सुंदर लाल पक्षी होता है, जिसकी लंबी सुनहरी पूँछ, चोंच और पंजे होते हैं। यह पर्वत शिखर पर घोंसला बनाता है और मिस्त्र, भारत व चीन में पाया जाता है। मायापंछी बहुत लंबा जीता है, क्योंकि यह पुनर्जीवित हो जाता है। जब इसका शरीर कमज़ोर पड़ने लगता है, तो यह लपट उत्पन्न करके राख हो जाता है और चूज़े के रूप में राख से दोबारा निकलता है। मायापंछी बहुत भला

प्राणी होता है। इसने आज तक कभी किसी की जान नहीं ली और यह केवल वनस्पति खाता है। उड़नछू पंछी (ऊपर देखें) की तरह ही यह भी इच्छा से अंतर्ध्यान और प्रकट हो सकता है। मायापंछी का गीत जादुई होता है : माना जाता है कि यह शुद्ध हृदय वाले लोगों में साहस का संचार करता है और अशुद्ध हृदय वालों को डराता है। मायापंछी के आँसुओं में शक्तिशाली उपचारक गुण होते हैं।

नन्हे पिशाच (पिक्सी)

जादू मंत्रालय श्रेणीः XXX

नन्हे पिशाच ज़्यादातर कॉर्नवाल, इंग्लैंड में पाए जाते हैं। इसका रंग नीला होता है। क़द आठ इंच तक होता है। यह बहुत शरारती होता है और सभी तरह की चालाकियों और मसखरियों में ख़ुश होता है। हालाँकि इसके पंख नहीं होते, लेकिन यह फिर भी उड़ सकता है। यह असावधान इंसानों को कान से उठाकर ऊँचे पेड़ों और इमारतों के ऊपर छोड़ आता है। नन्हे पिशाच ऊँचे सुर वाली बकबक करते हैं, जो सिर्फ़ दूसरे नन्हे पिशाचों को ही समझ आ सकती है। ये सीधे शिशुओं को जन्म देते हैं।

---

11. मायापंछी को फोर एक्स का दर्जा इसलिए नहीं मिला, क्योंकि यह आक्रामक होता है, बल्कि इसलिए मिला है, क्योंकि बहुत कम जादूगर इसे पालतू बनाने में कामयाब हुए हैं।

प्लिम्पी

जादू मंत्रालय श्रेणीः XXX

प्लिम्पी एक गोल, रंग–बिरंगी मछली है, जिसकी पहचान दो लंबे पैर हैं, जो जाल वाले पंजों में ख़त्म होते हैं। यह गहरी झीलों में रहती है, जहाँ यह भोजन की तलाश में तलहटी में विचरण करती है। इसे पानी के घोंघे बहुत पसंद होते हैं। प्लिम्पी ख़ास ख़तरनाक नहीं होती है, लेकिन यह तैराकों के पैर और कपड़े कुतर लेती है। इसे जलमानुष विनाशकारी कीट की श्रेणी में रखते हैं। वे इसके रबड़ जैसे पैरों में गाँठ बाँध देते हैं; इसके बाद यह पानी में बह जाती है, इच्छानुसार तैरने में अक्षम हो जाती है और तब तक नहीं लौट सकती, जब तक कि यह अपनी गाँठ न खोल ले, जिसमें घंटों लग सकते हैं।

अवसादक (पॉग्रेबिन)

जादू मंत्रालय श्रेणीः XXX

अवसादक एक रूसी असुर है, जो बमुश्किल एक फुट लंबा होता है। इसका शरीर रोएँदार होता है, लेकिन इसका सिर चिकना और ज़्यादा बड़ा होता है। झुकने पर अवसादक किसी चमकदार, गोल पत्थर जैसा दिखता है। यह इंसानों के प्रति आकर्षित होता है और इसे उनका पीछा करने में मज़ा आता है। यह उनकी छाया में रहता है और छाया के मालिक के पलटते ही तुरंत झुक जाता है। अगर कोई अवसादक कई घंटों तक किसी इंसान का पीछा करे, तो उस इंसान पर भारी निरर्थकता का अहसास हावी हो जाता

है, जो अंततः सुस्ती और घोर निराशा में बदल जाता है। जब शिकार चलना छोड़ देता है और ज़िंदगी की निरर्थकता पर रोने के लिए अपने घुटनों के बल बैठ जाता है, तो अवसादक उस पर कूद पड़ता है और उसे खाने की कोशिश करता है। बहरहाल, अवसादक को आसान मंत्रों या स्तब्धीकरण सम्मोहनों से आसानी से पराजित किया जा सकता है। लात मारना भी कारगर पाया गया है।

अश्वरक्षक (पोरलॉक)

जादू मंत्रालय श्रेणीः XX

अश्वरक्षक घोड़ों का रखवाला होता है और यह डॉरसेट, इंग्लैंड तथा दक्षिणी आयरलैंड में पाया जाता है। झबरे बालों में ढँके अश्वरक्षक के सिर पर रूखे बालों की भारी मात्रा होती है। इसकी नाक असाधारण लंबी होती है। इसके दो शाखाओं वाले दो पैर होते हैं, जिन पर यह चलता है। इसकी बाँहें छोटी होती हैं और चार गोल–मटोल अँगुलियों में ख़त्म होती हैं। पूर्ण वयस्क अश्वरक्षक का क़द लगभग दो फुट होता है और यह घास खाता है।

अश्वरक्षक संकोची होता है और इसके जीवन का उद्देश्य घोड़ों की रखवाली करना होता है। इसे अस्तबलों के भूसे या घोड़ों के बीच में दुबका पाया जा सकता है, जिनकी यह रक्षा करता है। अश्वरक्षक इंसानों पर भरोसा नहीं करता है और उनके आने पर हमेशा छिप जाता है।

खबोड़ (पफ़्स्काइन)

जादू मंत्रालय श्रेणीः XX

खबोड़ पूरे संसार में पाया जाता है। यह गोलाकार होता है और कस्टर्ड जैसे रंग के नर्म बालों से ढँका होता है। यह बहुत सीधा प्राणी है, जिसे गले लगाने या फेंके जाने से कोई दिक्क़त नहीं होती है। इसकी देखभाल आसान होती है। संतुष्ट होने पर यह हल्की गुनगुन जैसी ध्वनि निकालता है। समय–समय पर खबोड़ के मुँह की गहराई से एक बहुत लंबी, गुलाबी जीभ निकलती है और भोजन की तलाश में पूरे घर में लपलपाती है। खबोड़ सर्वभक्षी होता है, जो बासी भोजन से लेकर मकड़ियों तक कोई भी चीज़ खा लेता है। बहरहाल, इसका ख़ास शौक यह होता है कि यह सोए हुए जादूगरों की नाक के भीतर अपनी जीभ डालकर उनका गूँगा खा जाता है। इस आदत की वजह से खबोड़ कई पीढ़ियों से जादूगर बच्चों को बहुत प्रिय है और जादूगर परिवारों का बेहद लोकप्रिय पालतू जीव बना हुआ है।

पंचपाद (क्विनटेप्ड)

(इसे हेयरी मैक्बून भी कहा जाता है)

जादू मंत्रालय श्रेणीः XXXXX

पंचपाद बहुत ही ख़तरनाक मांसाहारी जानवर है, जिसे इंसान का गोश्त बेहद प्रिय है। इसका बौना शरीर मोटे लाल–भूरे बालों से ढँका होता है। इसके पाँचों पैर भी बालों से ढँके होते हैं, जो मुड़ी अँगुलियों वाले पंजों में ख़त्म होते हैं। पंचपाद सिर्फ़ स्कॉटलैंड के सबसे उत्तरी कोने में ड्रियर टापू पर पाया जाता है। इस कारण ड्रियर टापू को गुप्त क्षेत्र बना दिया गया है, जो नक़्शे में नहीं दिख सकता।

किंवदंती यह है कि ड्रियर टापू पर कभी मैक्क्लाइवर्ट और मैक्बून नामक दो जादूगर ख़ानदान रहते थे। शराब के नशे में मैक्क्लाइवर्ट ख़ानदान के मुखिया ड्यूगाल्ड और मैक्बून ख़ानदान के मुखिया क्विनटियस के बीच भयंकर लड़ाई हुई। इसमें ड्यूगाल्ड की मौत हो गई। कहानी यह है कि प्रतिशोध में मैक्क्लाइवर्ट ख़ानदान की गैंग ने एक रात को मैक्बून ख़ानदान के घरों को घेर लिया और मैक्बून ख़ानदान के हर सदस्य का रूप–परिवर्तन करके उसे पाँच पैरों वाले भयानक प्राणी में बदल दिया। मैक्क्लाइवर्ट ख़ानदान को बहुत देर बाद अहसास हुआ कि रूपांतरित अवस्था में मैक्बून बहुत ज़्यादा ख़तरनाक थे (मैक्बून कुनबा जादू में भारी अक्षमता के लिए मशहूर था)। यही नहीं, मैक्बून कुनबे ने उन्हें दोबारा इंसान बनाने

की हर कोशिश का प्रतिरोध किया। इन कुरूप प्राणियों ने मैक्क्लाइवर्ट ख़ानदान के हर सदस्य को मार डाला और इस तरह टापू पर एक भी इंसान नहीं बचा। तब कहीं जाकर मैक्बून जानवरों को अहसास हुआ कि अगर छड़ी वाला एक भी जादूगर नहीं बचेगा, तो उन्हें मजबूरन हमेशा उसी रूप में रहना होगा।

यह कहानी सच है या नहीं, यह कभी पता नहीं चल पाएगा। निश्चित रूप से आज ड्रियर टापू पर मैक्क्लाइवर्ट या मैक्बून ख़ानदान का एक भी जीवित व्यक्ति नहीं है, जो हमें बता सके कि उनके पुरखों के साथ क्या हुआ। पंचपाद बोल नहीं सकते हैं। इसके अलावा, उन्होंने जादुई प्राणी नियमन एवं नियंत्रण विभाग के हर प्रयास का जमकर प्रतिरोध किया है कि वे एक नमूना हासिल कर लें या उनका दोबारा रूप परिवर्तन कर दें, इसलिए हमें यह मानना चाहिए कि अगर वे सचमुच हेयरी मैक्बून ही हैं, जैसा उनके उपनाम से प्रतीत होता है, तो वे जानवरों के रूप में अपने जीवन से काफ़ी ख़ुश हैं।

जलदेवी (रैमोरा)

जादू मंत्रालय श्रेणीः XX

जलदेवी एक सफ़ेद मछली है, जो हिंद महासागर में पाई जाती है। यह शक्तिशाली रूप से जादुई होती है। यह जहाज़ों के लिए लंगर का काम कर सकती है और समुद्री लोगों की रक्षक होती है। अंतरराष्ट्रीय जादूगर महासंघ जलदेवी को बहुत महत्वपूर्ण मानता है और इसने शिकारी जादूगरों से जलदेवी को सुरक्षित रखने के लिए कई क़ानून बना रखे हैं।

लाल टोपी (रेड कैप)

जादू मंत्रालय श्रेणीः XXX

ये बौने जैसे प्राणी पुरानी युद्धभूमि के छिद्रों में या किसी ऐसी जगह पर रहते हैं, जहाँ मानव रक्त बहा है। हालाँकि इसे सम्मोहनों और मंत्रों से आसानी से रोका जा सकता है, लेकिन यह अकेले मगलुओं के लिए बहुत ख़तरनाक होता है, जिन्हें लाल टोपी अँधेरी रातों में लाठी से मारने की कोशिश करेंगे। लाल टोपी उत्तरी यूरोप में सबसे ज़्यादा फैले हुए हैं।

रीम

जादू मंत्रालय श्रेणीः XXXX

रीम सुनहरी खाल वाला बहुत दुर्लभ दैत्याकार बैल है, जो उत्तर अमेरिका के जंगलों और सुदूर पूर्व दोनों जगह पाया जाता है। रीम का रक्त पीने वाले को भारी शक्ति मिलती है,

हालाँकि इसे हासिल करने में जितनी ज़्यादा मुश्किल आती है, उससे यह समझ आ जाता है कि आपूर्ति बहुत कम है, इसलिए खुले बाज़ार में बिक्री के लिए यह उपलब्ध नहीं होता है।

त्रिमुखीसर्प (र्यूनस्पूर)

जादू मंत्रालय श्रेणीः XXXX

त्रिमुखीसर्प बुरकिना फासो के छोटे अफ़्रीकी देश में उत्पन्न हुआ था। तीन सिर वाले इस साँप की लंबाई आम तौर पर छह–सात फुट होती है। काली धारियों वाला यह सर्प भड़कीला नारंगी होता है। यह बहुत आसानी से अलग दिख जाता है, इसलिए बुरकिना फासो के जादू मंत्रालय ने इसके रहवासी ख़ास जंगलों को गुप्त बना दिया है, जो नक़्शे पर दिखाई नहीं देते।

त्रिमुखीसर्प हालाँकि अपने आप में दुष्ट नहीं होता, लेकिन विचित्र और डरावने हुलिये की वजह से यह काले जादूगरों का प्रिय पालतू जीव रहा है। इन सर्पों को पालतू बनाने और इनसे बातचीत करने वाले सर्पभाषियों ने जो विवरण लिखे हैं, उनसे हमें इसकी अजीब आदतों की जानकारी मिली है। उनके विवरण से यह विचित्र बात पता चलती है कि त्रिमुखीसर्प के हर सिर का एक अलग काम होता है। बायाँ सिर (जैसा त्रिमुखीसर्प के सामने खड़े जादूगर को दिखता है) योजनाकार होता है। यह निर्णय लेता है कि त्रिमुखीसर्प को कहाँ जाना है और आगे क्या करना है। बीच वाला सिर स्वप्नदर्शी होता है (त्रिमुखीसर्प कई दिनों तक लगातार स्थिर रहकर सुखद स्वप्नों व कल्पनाओं में खोया रह सकता है)। दायाँ सिर आलोचक होता है और लगातार चिड़चिड़ी फुफकार के साथ बाएँ और बीच वाले सिरों के कामों का मूल्यांकन करता है। दाएँ सिर के दाँत बेहद ज़हरीले होते हैं। त्रिमुखीसर्प शायद ही कभी बहुत लंबा जी पाता है, क्योंकि इसके तीन सिरों में आपस में लड़ने की प्रवृत्ति होती है। इसका दायाँ सिर कटा देखना आम है, क्योंकि बाक़ी दोनों सिर मिलकर इसे काट देते हैं।

त्रिमुखीसर्प मुँह से अंडे देता है और ऐसा करने वाला यह एकमात्र ज्ञात जादुई जानवर है। ये अंडे मानसिक चपलता बढ़ाने वाले काढ़ों के निर्माण में बहुत मूल्यवान होते हैं। कई सदियों से त्रिमुखीसर्प के अंडों और ख़ुद त्रिमुखीसर्प की कालाबाज़ारी हो रही है।

सैलेमेंडर

जादू मंत्रालय श्रेणीः XXX

सैलेमेंडर आग में रहने वाली छोटी छिपकली है, जो लपटों को खाती है। चमकदार सफ़ेद यह छिपकली नीली या लाल नज़र आती है, जो आग की गर्मी पर निर्भर करता है।

सैलेमेंडर आग के बाहर छह घंटों तक जीवित रह सकती है, बशर्ते इसे लगातार मिर्च खिलाई जाए। यह सिर्फ़ उतनी ही देर तक ज़िंदा रहती है, जितनी देर तक वह आग जलती रहती है, जिससे यह उत्पन्न हुई है। सैलेमेंडर के रक्त में शक्तिशाली उपचारक और बलवर्धक गुण होते हैं।

समुद्री सर्प (सी सर्पेन्ट)

जादू मंत्रालय श्रेणीः XXX

समुद्री सर्प अटलांटिक महासागर, प्रशांत महासागर और भूमध्यसागर में पाए जाते हैं। हालाँकि वे ख़तरनाक दिखते हैं और मगलुओं ने उनके खूँखार व्यवहार का अतिशयोक्तिपूर्ण वर्णन किया है, लेकिन समुद्री सर्पों ने कभी किसी इंसान की जान नहीं ली है। सौ फुट तक लंबे समुद्री सर्प का सिर घोड़े जैसा होता है और शरीर साँप जैसा लंबा होता है, जो समुद्र की सतह से कुंडलियों में उठता है।

पाशचीर (श्रेक)

जादू मंत्रालय श्रेणीः XXX

पाशचीर पूरी तरह काँटों में ढँकी मछली है, जो अटलांटिक महासागर में पाई जाती है। माना जाता है कि पाशचीर के पहले समुदाय को मगलू मछुआरों से बदला लेने के लिए उत्पन्न किया गया था, जिन्होंने उन्नीसवीं सदी के शुरुआती दशक में नाव से सैर कर रहे जादूगरों के दल का अपमान किया था। उस दिन के बाद जो भी मगलू समुद्र के उस ख़ास हिस्से में मछली पकड़ते हैं, उनके जाल ऊपर आने पर फटे और ख़ाली होते हैं, क्योंकि नीचे गहराई में तैर रही पाशचीर अपना कमाल दिखा देती है।

स्नैलीगैस्टर

जादू मंत्रालय श्रेणीः XXXX

उत्तर अमेरिका के वासी आंशिक–पक्षी, आंशिक–सरीसृप स्नैलीगैस्टर को कभी एक तरह का ड्रैगन माना जाता था, लेकिन अब इसे सर्पपक्षी का दूरस्थ रिश्तेदार माना जाता है। यह आग नहीं उगल सकता, लेकिन इसके स्टील के दाँतेदार दाँत होते हैं, जिनसे यह अपने शिकार को काट डालता है। स्नैलीगैस्टर ने अंतरराष्ट्रीय गोपनीयता अधिनियम को बहुत बार ख़तरे में डाला है। इसकी स्वाभाविक उत्सुक प्रवृत्ति और अभेद्य चमड़ी की वजह से इसे डराकर भगाना मुश्किल होता है। मगलू अख़बारों में स्नैलीगैस्टर की तस्वीर इतनी ज़्यादा बार आई है कि कई बार 'लोकप्रियता के सबसे ज़्यादा भूखे पशु' के रूप में इसका नाम भी लॉक

नेस वाले अश्वप्रेत के साथ जोड़ दिया जाता है। 1949 के बाद से मैरीलैंड में एक स्नैलीगैस्टर संरक्षण दल स्थायी रूप से तैनात कर दिया गया है, जिसका काम इसे देखने वाले मगलुओं का स्मृति विलोपन करना है।

सुनेला (स्निजेट)

जादू मंत्रालय श्रेणीः XXXX[12]

स्वर्णिम सुनेला एक बहुत दुर्लभ, संरक्षित प्रजाति का पक्षी है। पूरी तरह गोल इस पक्षी की बहुत लंबी और पतली चोंच होती है। इसकी चमकदार रत्न जैसी लाल आँखें होती हैं। स्वर्णिम सुनेला बहुत तेज़ उड़ता है और बहुत विलक्षण गति व कुशलता से दिशा बदल सकता है, क्योंकि इसके पंखों के जोड़ चक्रीय होते हैं।

स्वर्णिम सुनेला के पंख और आँखें इतनी मूल्यवान मानी जाती हैं कि जादूगरों के शिकार की वजह से एक वक़्त तो यह लुप्त होने की कगार पर पहुँच गया था। ख़तरे को समय पर पहचान लिया गया और प्रजाति को संरक्षित कर दिया गया। सबसे महत्वपूर्ण बात यह हुई कि क्विडिच के खेल में सुनेला की जगह पर सुनहरी गेंद का इस्तेमाल शुरू किया गया।[13] सुनेला अभयारण्य पूरे संसार में हैं।

स्फ़िंक्स

जादू मंत्रालय श्रेणीः XXXX

मिस्त्र के स्फ़िंक्स का शरीर शेर जैसा और सिर इंसान जैसा होता है। एक हज़ार से भी ज़्यादा वर्षों से जादूगर

---

12. स्वर्णिम सुनेला को फोर एक्स दर्जा इसलिए नहीं दिया गया है, क्योंकि यह ख़तरनाक है, बल्कि इसलिए दिया गया है, क्योंकि इसे पकड़ने या चोट पहुँचाने पर गंभीर जुर्माने का प्रावधान है।

13. क्विडिच खेल के विकास में स्वर्णिम सुनेला की भूमिका में जिसकी भी रुचि है, उसे केनिलवर्दी व्हिस्प की लिखी यह पुस्तक पढ़नी चाहिएः *क्विडिच थ्रू द एजेस,* (व्हिज हार्ड बुक्स, 1952)।

और जादूगरनियाँ इसका इस्तेमाल मूल्यवान वस्तुओं तथा गोपनीय स्थानों की रक्षा के लिए करते आ रहे हैं। बेहद बुद्धिमान स्फ़िंक्स को पहेलियों में आनंद आता है। यह आम तौर पर तभी ख़तरनाक होता है, जब इसकी हिफ़ाज़त में रखी चीज़ पर जोखिम मँडराता है।

बहुरंगी (स्ट्रीलर)

जादू मंत्रालय श्रेणीः XXX

बहुरंगी एक दैत्याकार घोंघा होता है, जो हर घंटे रंग बदलता है। यह अपने पीछे इतनी ज़हरीली पगडंडी छोड़ जाता है कि जहाँ से गुज़रता है, वहाँ सारी वनस्पति मुरझा जाती है और जल जाती है। बहुरंगी मूलतः अफ़्रीकी देशों का बाशिंदा था, लेकिन बाद में यूरोप, एशिया और अमेरिका के जादूगर इसे पालने में कामयाब रहे। इसे वे लोग पालतू जानवर के रूप में रखते हैं, जो इसके कई रंगों के परिवर्तनों को पसंद करते हैं। इसका ज़हर कठोरकेशी को मारने में सक्षम चंद चीज़ों में से एक है।

टीबो

जादू मंत्रालय श्रेणीः XXXX

टीबो कॉन्गो और जैरे में पाया जाने वाला राख के रंग का जंगली सुअर है। इसमें अदृश्यता की शक्ति होती है, इसलिए इससे बचना या इसे पकड़ना मुश्किल होता है और यह बहुत ख़तरनाक हो जाता है। जादूगर टीबो की खाल को संरक्षणात्मक कवच और पोशाक बनाने के लिए बहुत मूल्यवान मानते हैं।

वज्रपक्षी (थंडरबर्ड)

जादू मंत्रालय श्रेणीः XXXX

वज्रपक्षी उत्तर अमेरिका का अनूठा प्राणी है और यह एरिज़ोना में सबसे ज़्यादा पाया जाता है। पूर्ण वयस्क होने पर यह इंसान से ज़्यादा लंबा होता है और इसमें उड़ते समय तूफ़ान उत्पन्न करने की शक्ति होती है। वज्रपक्षी अलौकिक ख़तरे के प्रति इतना ज़्यादा संवेदनशील होता है कि इसके पंख से बनी छड़ी समय से पहले ही शाप दाग़ देती है। इल्वरमॉर्नी जादूगरी व तंत्र विद्यालय के एक हाउस का नाम थंडरबर्ड रखा गया है।

दैत्य (ट्रॉल)

जादू मंत्रालय श्रेणीः XXXX

दैत्य एक डरावना प्राणी है, जो बारह फुट लंबा होता है। इसका वज़न एक टन से ज़्यादा होता है। यह अपनी ज़बर्दस्त शक्ति और मूर्खता के लिए समान रूप से विख्यात है। यह अक्सर हिंसक होता है और इसके इरादों का अनुमान लगाना संभव नहीं होता। दैत्य स्कैंडिनेविया में उत्पन्न हुए थे, लेकिन आजकल ये ब्रिटेन, आयरलैंड और उत्तर यूरोप के दूसरे इलाक़ों में भी पाए जाते हैं।

दैत्य आम तौर पर हुंकार में बातचीत करते हैं, जो एक तरह की अनगढ़ भाषा है, लेकिन कुछ दैत्य सरल इंसानी शब्दों को समझ और बोल सकते हैं। इस प्रजाति के ज़्यादा बुद्धिमान प्राणियों को रक्षक के रूप में प्रशिक्षित किया जाता है।

दैत्य तीन प्रकार के होते हैं : पर्वतीय, जंगली और दरियाई। पर्वतीय दैत्य सबसे बड़ा और सबसे दुष्ट होता है। यह गंजा होता है और इसकी त्वचा हल्की भूरी होती है। जंगली दैत्य की हल्की हरी त्वचा होती है और कुछ के बाल हरे या भूरे, पतले और अस्त–व्यस्त होते हैं। दरियाई दैत्य के सींग छोटे होते हैं और यह बाल वाला हो सकता है। इसकी बैंगनी त्वचा होती है और यह अक्सर पुलों के नीचे मँडराता है। दैत्य कच्चा गोश्त खाते हैं और अपना शिकार चुनने के मामले में ज़्यादा नख़रे नहीं दिखाते हैं। ये जंगली जानवरों से लेकर इंसान तक हर जीव को खा सकते हैं।

यूनिकॉर्न

जादू मंत्रालय श्रेणीः XXXX[14]

यूनिकॉर्न उत्तर यूरोप के जंगलों में मिलने वाला सुंदर जानवर है। वयस्क होने पर यह पूरी तरह सफ़ेद, सींगदार घोड़ा होता है, हालाँकि शावक शुरुआत में सुनहरे होते हैं और परिपक्व होने से पहले ही सफ़ेद हो जाते हैं। यूनिकॉर्न के सींग, रक्त और बालों में बहुत जादुई गुण होते हैं।[15] यह आम तौर पर मानवीय संपर्क से बचता है, इसके जादूगर के बजाय जादूगरनी को अपने पास आने देने की ज़्यादा संभावना होती है और दौड़ने की तेज़ गति की वजह से इसे पकड़ना बहुत मुश्किल होता है।

---

14. श्रेणीकरण संबंधी सेनटॉर का फुटनोट देखें।

15. परी की तरह ही युनिकॉर्न को भी मगलुओं की प्रशंसात्मक लोकप्रियता मिली है – जो इसके मामले में तर्कसंगत है।

मोहिनी तेंदुआ (वैम्पस कैट)

जादू मंत्रालय श्रेणीः XXXXX

मोहिनी तेंदुआ हुलिये में कुछ हद तक साधारण पर्वतीय सिंह या तेंदुए जैसा दिखता है। यह अप्पालेशिया का निवासी है। यह अपने पिछले पैरों पर चल सकता है और तीर से भी ज़्यादा तेज़ी से दौड़ सकता है। कहा जाता है कि इसकी पीली आँखों में सम्मोहन और गुप्त–घुसपैठ दोनों की शक्ति होती है। उसी इलाक़े में रहने वाले चेरोकी ने मोहिनी तेंदुए का सबसे विशद अध्ययन किया है और केवल वही छड़ी के मूल तत्व के रूप में इस्तेमाल के लिए इसके बाल हासिल करने में कामयाब हुए हैं। 1832 में सिनसिनाटी के जादूगर एबेल ट्रीटॉप्स ने जादूगरों के मकानों पर प्रहरी के रूप में इस्तेमाल करने के लिए मोहिनी तेंदुओं को पालतू बनाने की विधि पेटेंट कराने का दावा किया था। धोखेबाज़ के रूप में ट्रीटॉप्स का भंडाफोड़ हो गया, जब मैक्यूसा ने उसके घर पर छापा मारा और पाया कि वह राहखोजियों पर वृहदीकरण सम्मोहन कर रहा था। उत्तर अमेरिका के जादूगर स्कूल इल्वरमॉर्नी के एक हाउस का नाम मोहिनी तेंदुआ रखा गया है।

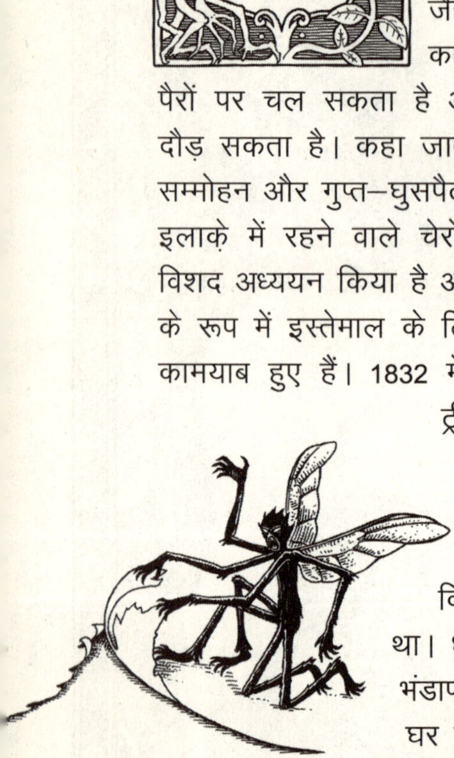

नरभेड़िया (वेयरवुल्फ़)

जादू मंत्रालय श्रेणीः XXXXX[16]

नरभेड़िया पूरे संसार में पाया जाता है, हालाँकि माना जाता है कि इसका जन्म उत्तरी यूरोप में हुआ था। किसी नरभेड़िये के काटने के बाद ही इंसान नरभेड़िया बनता है। इसका कोई ज्ञात इलाज नहीं है, हालाँकि काढ़ा बनाने में हाल में हुए विकास के चलते इसके सबसे बुरे लक्षण काफ़ी हद तक कम हो गए हैं। पीड़ित होने पर महीने में एक बार पूर्णमासी पर सामान्यतः बुद्धिमान जादूगर या मगलू वहशी दरिंदे में बदल जाता है। विलक्षण प्राणियों में लगभग अनूठे रूप से नरभेड़िया किसी अन्य प्रकार के शिकार के बजाय इंसानों को सक्रियता से खोजता है।

पंखदार घोड़ा (विंग्ड हॉर्स)

जादू मंत्रालय श्रेणीः XX-XXXX

पंखदार घोड़े पूरे संसार में पाए जाते हैं। इनकी कई अलग-अलग प्रजातियाँ हैं, जिनमें अब्राक्सन (बेहद शक्तिशाली दैत्याकार सुनहरे घोड़े), एथोनन (ब्रिटेन और आयरलैंड में लोकप्रिय बादामी घोड़े), ग्रेनियन (ख़ास तौर पर तेज़ भूरे घोड़े) और दुर्लभ थेस्ट्रॉल (अदृश्यता की शक्ति वाले और कई जादूगरों द्वारा अशुभ माने जाने वाले काले

---

16. ज़ाहिर है, यह श्रेणी रूपांतरित अवस्था वाले नरभेड़िये के बारे में है। जब पूर्णमासी नहीं होती है, तो नरभेड़िया किसी दूसरे इंसान जितना ही हानिरहित होता है। नरभेड़िया रूप-परिवर्तन से एक जादूगर के युद्ध के मर्मभेदी वर्णन के लिए पढ़ें हेयरी स्नाउट, *ह्यूमन हार्ट*, लेखक अज्ञात (व्हिज़ हार्ड बुक्स, 1975)।

घोड़े) शामिल हैं। गरुड़अश्व की तरह ही पंखदार घोड़े पर भी समय–समय पर विभ्रम सम्मोहन करना ज़रूरी होता है (देखें प्रस्तावना)।

येति

(विराटपग, नृशंस हिममानव के नाम से भी जाना जाता है)

जादू मंत्रालय श्रेणीः XXXX

तिब्बत के वासी येति के बारे में माना जाता है कि यह दैत्य का रिश्तेदार है, हालाँकि आवश्यक परीक्षण करने के लिए कोई भी इसके नज़दीक नहीं पहुँच पाया है। पंद्रह फुट तक लंबा येति सिर से पैर तक बिलकुल सफ़ेद बालों से ढँका होता है। येति अपने रास्ते में आने वाली हर चीज़ को चट कर जाता है, लेकिन यह आग से डरता है और योग्य जादूगरों द्वारा इसे भगाया जा सकता है।

लेखक के बारे में

न्यूटन ('न्यूट') आर्टेमिस फ़ीडो स्कैमेंडर का जन्म 1897 में हुआ था। उनकी माँ ने विलक्षण जानवरों में उनकी रुचि को प्रोत्साहित किया, जो शानदार गरुड़अश्वों को बड़े शौक से पालती थीं। हॉगवर्ट्स जादूगरी और तंत्र विद्यालय से निकलने के बाद स्कैमेंडर जादू मंत्रालय के जादुई प्राणी नियमन एवं नियंत्रण विभाग में काम करने लगे। घरेलू जिन्न पुनर्वास कार्यालय में दो साल तक काम करने के बाद, जिन्हें वे 'बेहद उबाऊ साल' कहते हैं, उनका तबादला जानवर विभाग में कर दिया गया, जहाँ विचित्र जादुई जानवरों के असाधारण ज्ञान के चलते उन्होंने तीव्र तरक्की की।

वे 1947 में नरभेड़िया पंजी बनाने के लिए लगभग पूरी तरह ज़िम्मेदार थे, लेकिन वे कहते हैं कि उन्हें प्रयोगात्मक प्रजनन पर प्रतिबंध का सबसे ज़्यादा गर्व है, जिस क़ानून को 1965 में पारित किया गया था, जिसने ब्रिटेन के भीतर नए और अदम्य जानवर उत्पन्न करने पर प्रभावी ढंग से रोक लगा दी। ड्रैगन शोध एवं अंकुश केंद्र में स्कैमेंडर के काम की वजह से उन्होंने विदेशों में कई शोध यात्राएँ कीं, जिस दौरान उन्होंने अपनी विश्वव्यापी बेस्टसेलर पुस्तक *फैंटेस्टिक बीस्ट्स एंड व्हेयर टु फ़ाइंड दैम* के लिए जानकारी इकट्ठी की।

जादुई–जंतु–विज्ञान यानी जादुई जानवरों के अध्ययन में योगदान के लिए न्यूट स्कैमेंडर को 1979 में ऑर्डर ऑफ़ मर्लिन, सेकंड क्लास से पुरस्कृत किया गया। अब वे

सेवानिवृत्त हो चुके हैं और डॉरसेट में अपनी पत्नी पोरपेन्टिना तथा अपने पालतू राहखोजियों हॉपी, मिली और मॉलर के साथ रहते हैं।

जागृति–कुकुर (होडाग)

क्या आप भी जादुई जीवों और उनकी रहस्यमयी दुनिया में दिलचस्पी रखते हैं?

अनगिनत युवा जादूगरों ने उन अद्‌भुत जानवरों के बारे में जानकारी हासिल की है, जो इस वक्त आपके हाथों में मौजूद किताब की जादुई दुनिया में रहते हैं। हॉगवर्ट्स से ग्रेजुएट होने के बाद, हैरी पॉटर के कुछ करीबी दोस्त इन जादुई जीवों के साथ काम करने लगे। लूना लवगुड एक मशहूर जादूगरनी और कुदरत की जानकार बन गई, जिन्होंने न्यूट स्कैमैंडर की तरह जानवरों की कई नई प्रजातियों की खोज की तथा उन्हें अलग-अलग समूहों में बाँटा। हरमाइन ग्रेंजर को मिनिस्ट्री ऑफ मैजिक में पहली नौकरी मिली, जिसके तहत उसे जादुई प्राणियों के नियमन एवं नियंत्रण विभाग में काम करना था। जादुई जीवों और उनकी रहस्यमयी दुनिया में एक जादूगर बनने के लिए सारी खूबियाँ आपमें मौजूद हैं या नहीं, यह जानने के लिए खूंखार जादुई पशुओं की नीचे दी गई हमारी प्रश्नोत्तरी में भाग लीजिए!

1. 1811 में, मैजिक ग्रोगन स्टंप के मंत्री के अधीन, जादुई प्राणियों के नियमन एवं नियंत्रण विभाग को तीन हिस्सों में बांटा गया था। उनके नाम क्या थे?
   (क) बीस्ट, बर्ड, बीइंग
   (ख) बीइंग, बीस्ट, स्प्राइट
   (ग) बीस्ट, बीइंग, स्पिरिट

2. उत्तर अमेरिक का खूंखार पशु, होडग किस जानवर को खाना पसंद करता है?

(क) बंडीमन

(ख) चंद्रशावक

(ग) घेंटुला

3. निम्नलिखित जादुई जीवों में से सिर्फ एक इंसान की तरह बोल सकता है, जिसे जादूगर नस्ल का बताया जाता है। उसका नाम क्या है?

(क) सेंटौर

(ख) जार्वे

(ग) एक्रोमैंटुला

4. क्विंटापेड को आइल ऑफ ड्रियर पर किन दो कबीले के मुखिया के बीच मल्ल्युद्ध का परिणाम माना जाता है?

(क) मैकक्लिवर्ट्स और मैकबून्स

(ख) मैकबीन्स और मैकक्लिवर्ट्स

(ग) मैकक्लाबर्ट्स और मैकबून्स

5. पंखों वाले बेहद दमदार घोड़े की नस्ल कौन सी है, जिसे बेक्सबेटन की मैडम मैक्सिम का पसंद करती है, और जो स्कूल की गाड़ी को खींचता है?

(क) एब्रक्सन

(ख) ग्रैनियन

(ग) थेस्ट्रल

6. किस जादुई प्राणी का सींग क्लास–बी ट्रेडेबल मटेरियल (खतरनाक और कड़े नियंत्रण के अधीन) है?

(क) यूनिकॉर्न

(ख) एरम्पेंट

(ग) क्रम्पल–हॉर्न्ड स्नोर्कैक

7. किस वर्ष पूरे यूके में प्रायोगिक प्रजनन पर प्रतिबंध लागू हुआ?
   (क) 1794
   (ख) 1926
   (ग) 1965

8. गायब होने की शक्ति कई जादुई जानवरों की सबसे बड़ी खासियत है। निम्नलिखित में से किस जानवर के पास यह शक्ति नहीं है?
   (क) टेबो
   (ख) डेमीग्यूज
   (ग) पफस्केन

9. स्नैलीगैस्टर किस बेमिसाल जानवर के दूर का रिश्तेदार है?
   (क) ओकेमी
   (ख) मांटीकोर
   (ग) हिप्पोग्रिफ

10. आज दुनिया में ड्रैगन की कितनी शुद्ध नस्लें ज्ञात हैं?
   (क) 6
   (ख) 8
   (ग) 10

उत्तरः

हर सही उत्तर के लिए खुद को एक अंक दीजिएः 1. ग, 2. ख, 3. ग, 4. क, 5. क, 6. ख, 7. ग, 8. ग, 9. क, 10. ग

1–3 अंकः पर्याप्त नहीं है और इस सपने को पूरा करने के लिए काफी मेहनत करनी होगी। ...फिर से शुरुआत करें और जानवरों की अपनी जादुई ताकत को निखारें!

4–7 अंकः चाहे वह फर हो, विषैले दांत हों या पंजा हो, आप उन जानवरों की चीजों से अच्छी तरह वाकिफ हैं, जो जादूगरी की दुनिया में बस नजरों से ओझल हैं।

8 अंक और इससे अधिकः बहुत–बहुत बधाई! अगर नौसिखिये लोगों को हॉगवर्ट्स में जादुई जीवों की देखभाल के अध्ययन का मौका मिले, तो आप उस कक्षा में अव्वल होंगे!

आगे पढ़ें

'फैंटास्टिक बीस्ट्स एंड व्हेयर टू फाइंड देम' की प्रतियों को बहुत बार पढ़ने के बाद, जादुई जीवों की दुनिया में दिलचस्पी रखने वाले अनुभवहीन व्यक्ति ट्रोल से निपटने या मांटीकोर के डंक को निकालने के तरीकों के बारे में जानने के लिए कहाँ जाएँ?

द मॉन्स्टर बुक ऑफ मॉन्सटर्स। सोते समय सुकून से पढ़ने के बजाय जबरदस्त उत्सुकता जगाने वाली पुस्तक। बेहद शानदार पुस्तक, जिसे पढ़ने से खुद को रोक पाना नामुमकिन है। यह रूबियस हैग्रिड की अवश्य पढ़ने योग्य पुस्तकों में से एक है।

ड्रैगन स्पीशीज ऑफ ग्रेट ब्रिटेन एंड आयरलैंड। माहिर जादूगरों और नौसिखियों के बीच समान रूप से लोकप्रिय

विषय। ड्रैगन के अंडे की पहचान करने के लिए हैग्रिड ने भी शायद यही किताब पढ़ी होगी, जिसे उसने कार्ड गेम में जीता था।

ड्रैगन–ब्रीडिंग फॉर प्लेशर एंड प्रॉफिट। यह पुस्तक ड्रैगन को अंडे से पालने और पूरी तरह विकसित जानवर बनाने के विषय पर व्यावहारिक सुझावों का एक संग्रह है। अंडे से लेकर अंतिम चरण तक के पूरे सफर को एक बार में पढ़ा जा सकता है, जो ड्रैगन कीपर के लिए एक गाइड की तरह है। (अपने फायदे के लिए ड्रैगन की ब्रीडिंग पर विचार करने वाले किसी भी जादूगर को ध्यान देना चाहिए कि ड्रैगन के अंडे को क्लास–ए नॉन ट्रेडेबल गुड्स के रूप में वर्गीकृत किया गया है।)

मेरपीपलः ए कंप्रिहेंसिव गाइड टू देयर लैंग्वेज एंड कस्टम्स। इन खूंखार लोगों की भाषा, मर्मिश में महारत हासिल करने के इच्छुक किसी भी व्यक्ति के लिए उपयोगी मार्गदर्शिका। डिलन मार्वुड द्वारा लिखित।

द हैंडबुक ऑफ हिप्पोग्रिफ साइकोलॉजी। एक किताब बेहद दुष्ट स्वभाव के एक खूंखार जानवर के बारे में मनोवैज्ञानिक जानकारी से भरी है। (फाउल और फाउल? ए स्टडी ऑफ हिप्पोग्रिफ ब्रूटैलिटी भी देखें) फैंसी हिप्पोग्रिफ्स का शौक रखने वाले ब्रीडर के संदर्भ के लिए उपयोगी पुस्तक।

गिल्डरॉय लॉकहार्टर्स गाइड टो हाउसहोल्ड पेस्ट्स। संभवतः यह पुस्तक अपने लेखक की तरह की बहुत ज्यादा मूल्यवान है, साथ ही मौली वीस्ली की बेहद पसंदीदा किताब है, जो इसे डेक्सिस या ग्नोम से पीड़ित लोगों के लिए बेहद आवश्यक मानती हैं।

COMIC RELIEF

2001 से *क्विडिच थ्रू द एजेस* और *फ़ैंटेस्टिक बीस्ट्स एंड व्हेयर टु फ़ाइंड दैम* ने कॉमिक रिलीफ़ के लिए लगभग 20 मिलियन पौंड इकट्ठे किए हैं – बड़ी जादुई धनराशि, जो लोगों की ज़िंदगी बदलने के लिए मेहनत से काम में लगी हुई है।

इस नए संस्करण की बिक्री से आने वाले पैसे का निवेश देश भर के बच्चों और किशोरों में किया जाएगा, ताकि उन्हें भविष्य के लिए तैयार किया जा सके – उन्हें सुरक्षित, स्वस्थ, शिक्षित और सशक्त बनाने के लिए। हम उन बच्चों की मदद करने में ख़ास रुचि लेते हैं, जो अपना जीवन सबसे मुश्किल परिस्थितियों में शुरू करते हैं, चाहे यह संघर्ष हो, हिंसा हो, उपेक्षा हो या दुर्व्यवहार हो।

आपके समर्थन के लिए आपको धन्यवाद। कॉमिक रिलीफ़ के बारे में ज़्यादा जानने के लिए comicrelief.com पर जाएँ, ट्विटर (@comicrelief) पर हमें फ़ॉलो करें या फ़ेसबुक पर हमें लाइक करें!

पूरे संसार में पांच लाख बच्चे अनाथालयों में रह रहे हैं – हालाँकि उनमें से अस्सी प्रतिशत अनाथ नहीं हैं।

ज़्यादातर बच्चे अनाथालय में इसलिए रहने आ जाते हैं, क्योंकि उनके अभिभावक ग़रीब हैं और उन्हें पर्याप्त सुविधाएँ नहीं दे पाते। हालाँकि ऐसी संस्थाएँ अच्छे इरादों से स्थापित की जाती हैं या उन्हें अच्छा समर्थन मिलता है, लेकिन अस्सी से ज़्यादा वर्षों का शोध साबित करता है कि अनाथालय में पलने से बच्चों के स्वास्थ्य तथा विकास को नुक़सान पहुँचता है, उनके साथ दुर्व्यवहार तथा उन्हें अवैध रूप से बेचने का जोखिम बढ़ जाता है और इससे सुखद, स्वस्थ भविष्य की उनकी संभावनाएँ बहुत कम हो जाती हैं।

साफ़–साफ़ कहें, तो बच्चों को अनाथालय की नहीं, परिवार की ज़रूरत होती है। ल्यूमॉस एक परोपकारी संस्था है, जिसकी स्थापना जे.के. रोलिंग ने की है। इस संस्था का नामकरण हैरी पॉटर के प्रकाश देने वाले मंत्र के नाम पर किया गया है, जो सबसे अँधेरी जगहों में भी रोशनी

कर देता है। ल्यूमॉस में हम भी ठीक यही करते हैं। हम अनाथालयों में छिपाए गए बच्चों को उजागर करते हैं और विश्व भर में परवाह के तंत्रों को इस तरह रूपांतरित करते हैं, ताकि सभी बच्चों के पास वह परिवार हो, जिसकी उन्हें ज़रूरत है और वह भविष्य हो, जिसके वे हक़दार हैं।

इस पुस्तक को ख़रीदने के लिए धन्यवाद। अगर आप परिवर्तन के लिए हमारी वैश्विक मुहिम का हिस्सा बनकर जे.के. रोलिंग और ल्यूमॉस से जुड़ना चाहें, तो आप wearelumos.org, @lumos और फ़ेसबुक पर पता लगा सकते हैं कि आप कैसे जुड़ सकते हैं।

जादू को साझा करने के लिए आपको
आमंत्रित किया जाता है

Harry Potter Book Night

यह पता लगाने के लिए कि आप कैसे मनोरंजन
में शामिल हो सकते हैं,
harrypotterbooknight.com पर जायें।